KB045819

엄마, 그때도
나랑 가주라

엄마, 그때도
나랑 가주라

된다킴

같이 웃다가 울다가
마음이 '말랑'해지는 모녀 공감 에세이

"윤 여사, 거 우리 어차피 늙을 거 같이 곱게 늙어갑시다!"

엄마와 함께 세계를 누비며 늙어가고 싶다.
서로 더 늙었다고 싸우기도 하고, 핀잔도 주며.

바른북스

시드니의 푸른 하늘과
평화로운 바다를 담아……

지금도 엄마와의 여행을 고민 중인

_____ 에게

너랑은 다시는 안 가!

진심이라는 놈과는 꽤나 예상치 못한 순간 마주하고는 합니다. 거센 바람에 대비해 겹겹이 입은 겉옷에 무거운 가방까지 둘러멘 채 멍하니 버스를 기다리던 때 마주한 진심도 그랬습니다.

"너랑은 다시는 여행 안 가."

여행 중 조금씩 벌어지던 마음속 틈을 비집고 결국 엄마의 진심과 마주한 순간이었습니다. 엄마가 언제 필요할지 모른다며 제 가방에 몽땅 욱여넣은 물건들의 무게들로 억울해하는 중이었습니다. 시시때때로 텀블러나 물티슈를 찾는 엄마 덕분에 길 한복판에서 무거운 가방을 뒤적거리다 짜증을 냈더니, 결국 엄마의 서운함도 폭발한 모양입니다.

평소에도 달라도 너무 다른 모녀였기에 한 번쯤 터지는 것도 이상하지는 않았지만, 아주 대차게 터져버렸습니다. 여행하는 내내 '자꾸 혼나는 기분이었다'는 엄마의 이야기에 또 한 번 당황해 얼굴이 화끈대기 시작했습니다. 돌이켜 보니, '즐기자'고 떠난 여행 중에 잔소리도 참 징그럽게 해댔네요. 휴. 평소에도 '딸'의 속 시원한 잔소리에 간혹 상처받은 듯한 엄마의 얼굴을 보며 남몰래 반성하던 저였는데 결국 또 이렇게 되어버리고 맙니다. 무조건 빠른 사과가 답이다 싶어서 개미만 한 목소리로 사과의 말을 꺼내봤지만, 아무래도 금방의 대사 한 줄은 좁은 제 마음에도 '콕' 하고 박혀버렸습니다.

"(못 참고 큰 소리로)그런데, 엄마! 지금 상처 주는 거야?"

이따금 아주 차가운 표현으로 제 마음을 후벼 파는 엄마가 야속했던 적은 더러 있었습니다. '너랑은 같이 못 살겠어'라고도 얘기한 적이 있다 보니 내성은 생겼지만, 여행마저 같이 못 다니겠다 하니 복잡 오묘한 감정에 휩싸여 앓는 소리를 해봤습니다. 게다가 엄마가 이 엄청난 풍경을 마음 편히 즐기지 못했다고 생각하니, 저도 마음이 무거워지는 중이었거든요.

"(팔짱을 낀 채 노려보며)진짜 나랑은 여행 안 가!?"

"……."

"난 갈 거야! 엄마랑! 꼭 갈 거야! 앞으로도!"

'거절은 거절한다'는 마음으로 결국 다시 선언해 버리고 말았습니다. 부모와 자식 간의 다툼은 결국 칼로 물 베기 아니냐며, 더 많이 지지고 볶으면서도 엄마와 곧 다시 떠날 것이라고 선전 포고했습니다. 서로 사이좋게 상처를 한 번씩 줬으니 잘 지내보자는 듯이 손을 내밀며 '알아서 모시겠습니다' 하고 너스레도 떨었더니, 엄마도 그제야 '허 참' 하고 맙니다.

엄마와 함께 아름다운 항구 도시인 시드니로 여행을 떠났던 저의 후일담을 호기심 반 걱정 반으로 기다려 주신 분들이 꽤 있었습니다. 반은 아름다운 도시로 여행을 떠난다는 사실 자체를 부러워했습니다. 나머지 반은 머나먼 땅으로 떠나는 저희를 향해 걱정 어린 시선을 보내거나, 누구나 생각은 하지만 실천하기 어려운 일이라며 치켜세우기도 했습니다.

그런데 혹시 그거 아세요? 다들 꼭 이렇게 덧붙입니다. 꽤 아쉬운 표정으로 그네들도 그네들의 엄마와 떠나고는 싶지만, 각자 저마다의 이유로 어렵거나 두렵다고요. 저 먼 타국에서 지지고 볶으며 같이 다닐 자신이 없다고도 말합니다. 결혼을 한 사람들은 한 대로, 결혼을 안 한 경우는 안 한 대로, 애가 있으면 있는 대로, 없으면 없는 대로 꽤나 까다롭고 어려운 일이라는 사실에는 모두가 동의하더군요. 그래서 들려드리려 합니다. 세상의 모든 부모와 자식이 그러하듯이 세상에 둘도 없는 존재처럼 애틋하다가도 서로 있는 억장, 없는 억장 다 깨트려 버릴 듯이 지지고 볶는 저희 모녀가 그 머나먼 땅에서도 열심히 지지고 볶다가 서로에게서 발견하는 모습들을. 스스로도 잘 모르는 자신의 모습들을 여행 중 우연히 발견하는 그 순간부터, 미치고 '팔짝' 뛸 정도로 이해할 수 없는 서로에게서 우연히 닮은 모습을 발견하는 순간까지 몰래 담아뒀습니다. 그저 편안한 마음으로 저희와 같이 걸으며, 여러분 스스로도 사랑하는 누군가에게 하고 싶었던 이야기들을 꺼내보실 수 있길 기대해 봅니다. 또 그 마음이 사랑하는 누군가에게 조용히 가 닿을 수 있길 바라며 시작해 봅니다. 우리의 이야기를.

목차

PART 3

이랬거나 저랬거나, 해피엔딩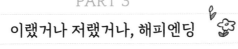

PART 4

다시, 떠날 결심

에필로그 엄마, 그때도 나랑 가주라

PART 1

떠나도
괜찮을까?
우리

01

어떻게…… 사람이 변해……?

"도대체 왜 안 돼~!"

사람은 둘, 목소리는 하나. 벌써 몇 번이고 그 이유를 물어보지만, 한참 만에 돌아온 엄마의 '그냥'이라는 대답에 '악' 소리가 절로 난다. 분명 어젯밤만 하더라도 당장 함께 떠날 것만 같은 엄마였는데 완벽하게 달라졌다. 평소에도 뭔가 하나 할라치면, 수백 가지의 이유를 들어 반대하는 엄마였기에 몇 번의 '핑퐁' 정도는 예상했었다. 하지만 어제와는 완벽하게 다른 거절 메시지에 당혹스러움은 말로 표현할 수가 없다.

"어떻게…… 사람이 이렇게 변해……?"

연인을 향해 낙엽을 한 움큼 집어던지며, '사랑이 이렇게 쉽게 변하냐'고 외치던 TV 광고 속 대사를 외치고 만다. 이유는 더 걸작이다. 생애 첫 장거리 비행이라 부담, 세계 경제 위기설에 비용도 부담, 그저 모든 것이 부담스럽단다. 세계 경제가 좋아진다는 뉴스는 지난 십몇 년간 들어본 적도 없는 내게 불투명한 세계 경제 전망을 이유라 하신다.

"여행 한번 가는 데 안 되는 이유가 왜 이렇게 많아. 엄마!"
"응. 난 그래."

짧지만 단호한 대답이다. 분명 저 배 속에서 나왔지만 좀처럼 닮은 곳이 없는 '노빠꾸' 딸은 결국 '꾹꾹' 눌러왔던 화를 폭죽처럼 사방으로 터트리고 만다. 꽤 오랜 기간을 코로나 덕분에, 또 1년 정도는 갓 태어난 조카를 돌봐주고 계셨기에 여행은 언감생심 꿈도 못 꾸었던 터였다. 게다가 나이든 부모님과의 장거리 여행은 서두를수록 좋다는 주변 언니, 오빠들의 얘기도, 지금이 내게 아주 약간은 회사를 여유 있게 비울 수 있는 절호의 타이밍이라는 것도 모든 것이 여행하기에 더할 나위 없다 싶었던 나였다. 알 길 없는 각자의 사정으로 갈 길 잃은 눈동자 네 개만 그저 흔들릴 뿐이다. 갈등이 생기면 입을 꾹 다무는 쪽은 언제나 엄마였지만, 오늘은 내가 입을 다물어 버리고 말았다. 꽤 오래 고민하다 꺼낸 여행 카드가 이렇게 묵살당할 것이라고는 예상도 못 했을 뿐만 아니라, 수일 동안 비행기와 숙소를 찾느라 눈이 빠질뻔했던 시간이 억울해지기까지 한다. 도대체 알 수가 없다. 푸른 대자연을 보러 가고 싶다고 할 때는 언제고, 가자 하니 이제는 안 된다 한다. 입버릇처럼 늘 딸을 절대 이해 못 하겠다는 엄마처럼, 딸 역시 결코 이해할 수 없는 엄마의 세계관이다.

세상에 나오기 전 10개월쯤 저 배 속에서 먹고 자고 놀다 나온 딸이고, 인생의 10개월쯤 배 속에 딸을 품어준 엄마지만 서로를 모른다. 달라도 너무 다르다. 엄마는 왜 이렇게 걱정이 많으며, 딸은 또 왜 이렇게 저런 엄마가 답답하기만 한 것일까? 냉수도 한 컵 들이켜 보고, 숨도 몰아쉬어 봐도 도대체 알 수가 없는 엄마의 속마음. 닿을락 말락 닿지 않는 우리의 마음.

우리, 과연 이대로 괜찮을까?

02

치맥이 세상을 바꾼다

모처럼 이른 퇴근을 하고 치킨을 한 마리 시켰다. 지난번 엄마의 여행 거부 선언 이후에 냉각기가 있었기에 꽤나 오랜만에 식탁에 마주한 우리다. 제법 어색한 분위기에 애꿎은 닭 다리만 쥐었다 폈다 하는데 먼저 말을 꺼낸 것은 엄마였다.

"맥주 한잔?!"

'치킨엔 맥주였지' 하고 생각하던 찰나, 있지도 않은 맥주잔을 잡은 양 손으로 '콸콸' 마시는 시늉을 하는 엄마의 모습에 웃음이 터지고 만다. 보통 냉전 사태가 벌어지면 먼저 손을 내밀어 화해 모드를 조성하는 것은 대부분 나였지만, 이번엔 엄마가 먼저 손을 내민다.

"푸핫! 콜이요!"

속이 없는 나는 결국 콜을 외치고 만다. 불과 일주일 전의 냉전 상태는 까마득히 잊은 채 이 모든 상황이 웃겨 결국 웃음을 내뿜어 버린다.

"선배 A가 최근에 엄마랑 베트남에 다녀왔어. 그런데 선배네 엄마가 비행기에서 내리자마자 다리도 풀리고, 여행지에서 걷는 것도 무릎 때문에 힘들어하셨다고. 한 해, 한 해가 다르다고 하더라. 선배가 부모님이 조금이라도 젊으실 때 여행은 더 많이 다니라고 신신당부했어. 엄마한테도 전해달래."

'툭' 하고 최대한 무심하게 이야기를 하면서도 눈은 연신 엄마를 살핀다. 엄마의 얼굴에 순간 당혹감이 서리더니, '또 시작이다' 싶은 것인지 조용히 고개를 가로젓고는 이내 나를 물끄러미 바라본다. 이때다. 동물적인 감각으로 지금이 바로 그 순간이라는 예감이 왔다. 이쯤에서 쐐기를 박아야만 한다!

"나도 가고 싶어. 엄마랑. 꼭."

꿈 많던 대학 시절, 엄마가 손에 쥐여준 거금을 들고 나 혼자 다녀왔던 그 아름다운 도시에 엄마와 함께 꼭 한번 가고 싶다고 호소했다. 직장인이 꿈이었던 적은 없지만 어느덧 직장생활 15주년을 맞이하는 지금, 그 시절을 떠올리며 다음 15년을 준비하러 함께 가고 싶다고 고백했다. 나름 진지하게.

"픕."

갑자기 얼굴로 축축한 맥주와 아밀라아제가 '착' 하고 붙는다. 어디서 터진 건지는 정확히 모르겠지만, 이번엔 엄마가 터졌다. 엄마는 나를 '포기를 모르는 징글징글한 딸내미'라며 웃었고, 나는 성공을 예감하며 '같이 한번 떠나자'며 당당하게 응수했다.

"그래! 가자! 가!! 이 징글징글한 딸내미야!"

나도 안다. 실은 여행을 가고 싶어도 체력이나 비용에 대한 걱정으로 거절했을 엄마였다. 혹시라도 큰마음 먹고 큰돈 들여 가는 여행에서 본인의 체력 저하로 딸의 여행을 방해할까 하는 걱정도 수없이 했을 터였다. 엄마는 그런 사람이니까. 제멋대로 편하게 사는 나와 달리 '행여 자신의 행동이 누군가에게 불편을 주면 어쩌나' 하는 걱정을 늘 달고 사는 사람이니까. 아마도 직장생활을 한지 벌써 15년이나 됐다고 말하는 딸의 새로운 이유를 듣고는 이모든 안 되는 이유들을 스스로 상쇄시켰을 터다. '엄마는 체력 관리만 잘하면 된다'고 신신당부를 하던 중 갑자기 '번뜩' 떠오르는 생각에 몸을 급하게 일으킨 나다.

"치킨 먹다가 어디 가!?"
"(씨익)여권, 미리 챙기러!"

바쁘다 바빠 현대사회. 갈대 같은 엄마의 마음이 바뀌기 전에 '돈' 생각에 절대 무를 수 없는 비행기 표부터 무조건 예약하겠다는 신념으로 방으로 내달렸다. 잠시 틈을 주면, 또다시 새로운 백가지 이유를 들고 올지 모를 일이다. 여권을 찾기 위해 서랍을 뒤적이는 내 등으로 '찰싹' 하고 손바닥이 날아든다.

"야! 기름 묻은 손으로! 쫌!"

결국 못 이긴 척 스스로 여권을 찾아서 내 손에 쥐여준 엄마다. 엄마도 안다. '하겠다' 공표하면 무슨 방법을 써서라도 해야만 직성이 풀리는 '노빠꾸'인 딸이 바로 엄마 배 속에서 나왔다는 엄청난 사실을. 그래서 져준 거다. 이번에도. 아무려면 어떠한가! 이러나저러나 나는 치킨과 맥주 덕에 원하는 걸 손에 얻었으니, 충분하다.

세상을 바꾸는 것은 그 어느 대단한 것들이 아니다. 그저 치킨과 맥주 한잔이다. 더할 나위 없지 않은가.

03

발가락 대신,
파워 J가 닮았다

퇴근 후 마주하는 풍경이 달라졌다. 정확히는 여행에 대한 협상을 극적 타결한 직후의 풍경이다. 평소라면 드라마 대사나 뉴스 앵커 목소리로 가득했을 늦은 밤 거실에 한껏 흥이 넘치는 사람들의 목소리가 울려 퍼진다. 멋진 바다를 배경으로 핸드폰을 하나 들고는 여기저기를 누비는 젊은이들의 감탄사가 브라운관을 경쾌하게 뚫고 나온다.

"다녀왔습니다~"

그제야 엄마의 두 눈이 나를 향한다. 소파 위에 정자세로 앉은 채 연신 돋보기를 들었다 놨다 하며 브라운관 한 번, 작은 노트 한 번 번갈아 보며 무언가를 적어 내려가던 엄마다.

"어머? 엄마, 눈이 완전 토끼 눈인데?"

"어? 나? 유튜브 좀 본 거밖에 없는데……?"

"유튜브? 영화 몰아보기? 뭐 봤는데?"

"여행."

'헉' 하며 TV 속 검색 화면을 보아하니, 온통 시드니다. 몇 차례의 고비 끝에 드디어 엄마와 처음으로 십수 년 만에 동행하기로 한 그곳이다. 검색 키워드도 온통 시드니, 시드니 여행, 그리고 시드니를 검색하려다 잘못 누른 오타로 변형된 단어들까지. 이쯤 되면 이런 생각이 든다. 그렇게 몇 번이나 거절하셨던 분 어디 가셨나? 평소에 유튜브에서 레시피를 찾아 기록해 두던 작은 수첩을 내미는 엄마다. 줄도 없는 수첩에 이리저리 날뛰듯이 적힌 글자들이 가득하다.

"교통비가 비싸니까 도보 여행 코스를 잘 짜야 하고, 커피가 그렇게 맛있대~! 플랫화이트를 꼭 먹으라고 했는데, 가게 이름이……?"

수첩의 주인인 엄마가 난관에 봉착하고 만다. 한글로도 영어로도 적어둔 가게 이름을 엄마도 전혀 못 알아보겠는 것인지 애먼 돋보기만 올렸다 내렸다 한다. 가게 이름은 내가 찾아보면 된다며 다시 씻을 채비를 하려 하는데, 이번엔 호텔 이야기다. 워낙 물가가 비싼 나라인 탓에 호텔 가격이 비싸다며 걱정의 눈빛이 나에게 닿는다. 하루 만에 공항에서 시내로 들어가는 교통편부터 숙소, 관광지와 맛집까지 줄줄이 조사한 엄마가 이번엔 나를 향해 되묻는다. 평소에도 가장 민감한 주제인 예산은 "얼마면 돼?"하고 묻는다. 아뿔싸! 내 차례인가 보다. 대강 몇백 정도면 비행기부터 놀고, 먹고, 자고 다 한다 얘기하고는 욕실로 향하는데 이번엔 이렇게 숙소만 또는 비행기만 각각 예산을 세세하게 보고하라 하신다. 며칠 전에 막 떠나기로 결정해 놓고는 5분 뒤면, '준비가 끝난 거냐?'고 물을 기세다.

"아직 옵션 비교 중인데, 비교 끝나는 대로 말씀드릴게요?!"

이럴 땐 줄행랑이 상책이다. 그렇지 않으면 당장 테이블에 노트북 하나 펴놓고 비행기와 숙소도 같이 비교하자고 할지도 모른다.

"숙소는 관광지랑 가까우면서도 비싸면 안 돼! 알았지?!"

두말하면 잔소리다. 안 그래도 점심시간은 물론이고 출퇴근 지하철에서도 최저가 항공권과 숙소를 검색하며 후기를 하나하나 살펴보느라 바쁜 나다. 그리고 보니 숙소는 확실히 컨디션이 좋아지면 가격이 꽤 비싸지기 때문에 온갖 할인 쿠폰을 넣으며 비교하던 내 모습이 떠오른다. 최근에 같은 곳으로 여행을 다녀왔다던 이웃 블로거에게 쪽지도 보내뒀었는데 답장이 왔었나 하는 데까지 생각이 미치자, 그저 놀랍다. 결코 안 닮은듯한 엄마와 나 사이의 이런 연결고리라니!

역시 콩 심은 데 콩 난다. MBTI로 보자면 파워 J의 성향을 가진 엄마가 파워 J인 나를 낳은 것이 분명하다. 나는 엄마의 딸이 분명하다. 그 옛날 읽었던 《발가락이 닮았다》라는 소설의 제목처럼 우린 닮았나 보다. 집요한 파워 J의 DNA가.

제법 닮았네. 우리.

04

누구냐? 넌!

최근 2세를 출산한 커플이 이런 얘기를 했었다. 퇴근하면, 집 앞에서 가장 먼저 반겨주는 것이 야무지게 쌓여있는 택배 상자들이라고. 출산은 상상 초월의 준비가 필요한 일이라, 언니는 언니대로 오빠는 오빠대로 주문하고 택배 상자를 정리하는 것이 일과라고 했었다. 바로 지금 여행을 앞둔 우리 집처럼. 정체를 알 수 없는 크고 작은 물건들이 매일같이 집 앞에, 창고에 차례대로 줄 서기 시작했다. 막상 비행기와 숙소까지 예약하고 나니, 생각보다 없는 것들이 많다는 것이 이유였다. 왜 그렇지 않은가? 막상 뭔가 시작하려면 없는 것부터 찾게 되는 묘한 법칙. 나는 나대로 엄마는 엄마대로 택배 상자가 자꾸만 쌓여간다.

"어? 이건 내가 혹시 몰라서 여행용 베개 커버 산 건가 봐."
"그래?! 저녁 빨리 먹고, 나랑 쇼핑 갈래? 이것저것 살 거야!

결국 식사를 마친 후 우리는 없는 것 빼고는 다 있다는 그곳으로 향했다. 이럴 때는 참 서로 사이가 좋다며, 팔짱까지 꼭 끼고 갔다.

"이거다!"

아무리 봐도 그저 작은 해먹처럼 생긴 탓에 어디에 써야 할지를 전혀 모르겠는 물건이 바로 엄마가 찾는 것이었단다. 장거리 비행 필수 준비물이라고 들었다며, 작은 종이에 이름까지 적어 왔단다. 평소 이해력이 부족한 나를 위해 엄마가 시범을 보인다. 요즘 말로 '프로 여행러'들이 사랑하는 발걸이형 발 받침대가 바로 이 친구란다. 몰라봐서 미안하다. 하긴, 장시간 비행기를 타다 보면 다리가 불편할 수도 있긴 하지.

"텀블러도 하나 사래. 비행기 건조해서 목마르다고."

바구니가 순식간에 꽉 찬다. 놓친 것은 없는지, 더 필요한 것은 없는지 같은 자리를 몇 바퀴나 더 돌고 나서야 우리는 사이좋게 집으로 향했다. 평소 사랑하는 소프트콘 아이스크림을 사이좋게 나눠 물고는 시시콜콜한 이야기들을 정답게 나누며.

"어랏?"
"누구냐? 넌!"

집 앞에 도착했을 때 우리를 반긴 건, 또 다른 택배 상자였다. 저 안에 무엇이 들어있는지는 이제는 서로 기억이나 할까 싶을 정도다.

"얘가 또 왔네? 내친김에 커플 운동화도 하나 살까?"

암울한 세계 경제 전망으로 돈을 아껴야 한다며 '여행을 못 간다' 했던 엄마가 새 신발도 '사자' 한다. 통장은 '텅장'이 되어가지만, 에라 모르겠다. 책임은 우리가 안 진다. 다음 달의 우리가 어떻게든 할 거예요. 잘.

05

어머니가방에들어가신다

아버지가 방에 들어가신다.
아버지 가방에 들어가신다.

띄어쓰기 하나로 문장의 의미가 얼마나 달라지는지를 설명하기 위해 자주 등장하던 문장이 있다. '아버지가 방에 들어가신다'라는 문장이 바로 그것인데, 띄어쓰기 하나로 아버지는 '방'에 들어가시기도 했고 '가방'에 들어가시기도 했다. 수업 중에 꽤나 웃으며 배운 기억이 또렷해, 뜬금없이 이 문장을 떠올리곤 혼자 웃는다. 바로 지금처럼. 오늘 내가 하려는 얘기가 바로 이 얘기다. 공항으로 출발하기 직전의 그 긴박한 순간까지 가방에 들어갔던 나의 엄마 이야기.

집을 비우기 전, 엄마는 평소보다 최소 2~3배는 더 분주하다. 음식물 쓰레기도 '싹싹' 비워야 하고, 현관문을 나서기 직전까지 물걸레질만 수십 번을 반복한다. 그뿐인가? 이미 마지막에 마지막까지 점검을 마친 후 굳게 닫아뒀던 캐리어의 문을 또다시 열어 거의 캐리어에 고개를 넣다시피 한 채로 다시 한번 짐을 점검하는 엄마다. 이번에는 곱게 접어 넣은 청바지 하나를 다시 꺼내 들고는 배가 나와 보인다며 고뇌에 빠졌다. 이 와중에 큰맘 먹고 산 셀카봉은 캐리어에서 다시 기내용 가방으로 벌써 5번째 이동 중이다. 좀 전에 '깨지면 어떻게 하지?' 하며 기내용 가방으로 옮겼던 셀카봉이 이번에는 '기내용 가방이 너무 무거운가?' 하며 다시 캐리어로 이동한다.

"아이고~ 어무니~ 가방에 들어가실라 그래? 우리 이제 리무진 타러 가야 하는데!? 그만 닫자니까!?"

결국 엄마를 강제로 떼어내다시피 밀어내고는 간신히 캐리어의 문을 닫아버렸다. 이제는 정말 출발하려 누워있는 캐리어를 일

떠나도 괜찮을까? 우리

으키려는 찰나 들려오는 다급한 엄마의 목소리.

"아이쿠! 비행기에서 쓸 텀블러를 캐리어에 넣어버렸네?……"

최소 열두 번은 캐리어를 보고 또 보고 짐을 싸고 또 쌌는데, 엄마는 왜 지금 저렇게 내 눈치를 살피고 있단 말인가? 다시 한번 '그럴 수도 있지'를 주문처럼 외치며, 뭐 하나만 더 들어가도 '펑' 터질 것 같은 캐리어에서 텀블러를 간신히 꺼내고는 마지막으로 짐을 한 번 더 확인했다. 또 한 번 낑낑대며 캐리어를 닫으려 하는데, 또다시 들려오는 목소리. 들릴 듯 말 듯.

"헉, 비행기 안에서 입을 가디건이…… 캐리어에……."

의지와 전혀 상관없이 이마 정중앙에는 내 천(川)자가 깊이, 입은 댓 발 나와버렸다. 간신히 올라타다시피 해서 억지로 닫아둔 캐리어 한 번, 등 뒤에서 시선만 땅에 떨군 채 눈치만 보는 엄마를 한 번 번갈아 볼 뿐.

"힘들면, 내가 열까……?"
"엄마아아아아아아아아아아아악!"

고요한 아파트에 울려 퍼지는 건 나의 절규뿐. 엄마는 또다시 가방에 들어가신다. 저러다 가방에 들어간 채로 여행을 떠나는 것이 아닐지 의심스러울 뿐이다.

어머니, 가방에 들어가신다아아아아아아아아악!

떠나도 괜찮을까? 우리

PART 2

지지고
볶으면,
볶는 대로

01

내돈내산 고생

이쯤 되면 직업을 '프로 여행러'로 바꿔야 하지 않나 싶을 정도로 꽤나 세계를 누비는 친구가 있다. 전혀 예상하지 못한 타이밍에 전화를 걸어 '나, 어디게~?' 하는 질문을 건네면, 나는 약속이나 한 듯 '설마 또?' 하고 답한다. 최근 전화가 좀 뜸하더니 고새 동남아에 다녀왔다는 소식을 전하며, 친구는 여행 중단을 선언했다. 내돈 주고 사서 고생하는 것이 여행인가에 대한 고민으로 후회가 막심했다는 것이 이유였다. 아무래도 잠자리도 그렇고 이것저것 불편한 부분이 있을 수밖에 없는 것이 여행이지 않은가. 집 나가면 개고생이라는 말이 있기도 하고. 그때는 '그럴 수도 있지' 하며 넘어갔지만, 사실 내가 생각하는 사서 하는 고생은 이쪽에 가깝다. 꽤나 간단하고 효율적인 방법을 놔두고 굳이 돌고 돌아 고생하는 방법을 택하는 그런 상황.

출국을 위해 공항으로 떠나던 날이 딱 그랬다. 뜨거운 뙤약볕을 온몸으로 맞으며, 20kg은 거뜬하게 넘는 캐리어에 보부상마냥 때려 넣은 백팩을 메고 20여 분 남짓을 걸어 버스정류장으로 향했다. 고난의 행군으로 어깨는 빠질 것 같았으며, 덩치에 비해 지나치게 작은 바퀴 때문에 잘 구르지 않는 캐리어에 '사정사정' 하며 걸었다. 길은 얼마나 울퉁불퉁하고 장애물은 왜 이리 많은 것인지 화를 내다가 이내 입도 앙다물고 말았다. 어디 그뿐인가? 짐을 족히 몇십 번은 쌌다 풀었다 하느라 꽤 늦게 출발한 덕에 시간도 촉박했다. 신이 나 만진 머리는 이미 땀으로 젖었고, 얼굴은 햇빛에 벌겋게 달아올랐다. 작은 캐리어 하나를 간신히 끌고 뒤에 오는 엄마의 얼굴도 벌겋다. 여행을 떠나기도 전에 아주 후끈후끈하다. 역시 참을성 없는 나는 택시를 타고 가면 될 것을 장거리 여행을 앞두고 꼭 이렇게 미리 고생하는 것이 맞냐며 엄마한테 따져 묻고 만다.

"짐이 많아서 택시 아저씨가 싫어할 것 같고, 돈도 아깝고……."

돌아오는 답변에 결국 이성의 끈을 놓아버리는 나다. 앞으로 장장 10시간을 비행기에 '꾸깃' 해져 있어야 하는 강행군이건만, 왜 미리 사서 고생이냐 목놓아 외쳐버렸다. 쉬익. 쉬익. 결국 이런 식이다. 돈도 아깝고, 다른 사람이 싫어하는 일이라 우리가 대신 고생한다. 평소에도 이렇다. 정당한 대가를 지불하는 일에도 상대방이 조금이라도 싫은 내색을 할라치면 엄마는 보통 이런 선택을 하곤 한다. 그리고 이런 엄마를 나는 늘 이해하지 못한다. 이것이야말로 진정 굳이 사서 하는 고생이다. 비행기를 타기도 전에 이미 팔이며, 어깨가 욱신댄다. 인터넷 속 어여쁜 언니들처럼 공항 샷도 하나 남겨보려, 열심히 화장한 얼굴도 엉망진창이다. 아주 쉽고 빠른 방법 대신 돌고 돌아 고생하는 방법을 택하는 엄마 덕분이다. 방금 운동장을 열댓 바퀴는 뛰고 온 사람들처럼 그렇게 벌겋게 익어간다. 벌써부터 아찔하다. 여행을 하는 동안 엄마가 또 얼마나 많은 고생을 사서 하자고 할지가.

지극히 개인적인 취향이지만, 굳이 안 사도 될 고생이라면 내 돈 주고 안 사고 싶다. 공항 도착 사진을 한 장 남긴 후, 시원한 아이스 아메리카노를 한 잔 들고 쇼핑을 하고 싶었던 마음이 짜게 식어간다. 굳이 사서 하는 고생 덕분에 계획은 이미 틀어졌다. 뭐, 인생이든 여행이든 계획대로 될 리 전혀 없지만, 내돈내산 고생은 하지 말자가 내 신조다. 오늘부터.

지지고 볶으면, 볶는 대로

02

여기, 반반 무 많이요!

오랜만에 개인 메일함을 열었더니, 꽤 여러 곳에서 메일이 와 있다. 안 그래도 가벼운 내 지갑을 더욱 가볍게 만들 친구들이 곧 재입고된다는 소식부터 컨퍼런스 참여 안내까지. 종종 느끼지만, 나 빼고 모든 세상이 부지런한 느낌이다. 이 생각, 저 생각을 하며 메일을 하나씩 확인해 가던 중 문득 메일 하나가 눈에 띄었다. 이번에 이용한 항공사에서 보내온 기내식 만족도 조사였다. 귀찮은 일이라면 결코 손대지 않는 편이기에 평소라면 그냥 지나쳤을 메일이지만, 제법 마음에 여유가 있던 덕분에 질문을 하나씩 차근히 읽어 내려가 본다.

'이번에 이용하신 기내식 메뉴의 맛은 어떠셨나요?'

일단 만점 드리고요. 하늘에서 먹는 밥이 땅 위에서 먹는 밥보다 워낙 맛있는 것인지는 모르겠지만, 이번 비행 중의 밥은 모두 맛있었기에 만점을 선택했다. 게다가 조금이라도 입에 맞지 않는 음식은 입안에 들어가는 순간, 본인의 의지와 다르게 인상부터 쓰고 마는 엄마도 한 그릇 '뚝딱' 비우셨던 메뉴였으니 진심으로 인정한다. 오늘의 이야기는 기내식 만족도 조사에 답하려다 문득 떠올린 바로 그 이야기다.

"비빔밥과 소고기덮밥 중 어떤 메뉴로 드릴까요?"
"저는 비빔밥, 얘는 소고기덮밥이요."

수년 전 엄마와 함께 비행 중 있었던 일이다. 입국 서류를 작성하느라 집중 중인 나를 가뿐하게 제친 채, 당당하게 모든 메뉴를 선택한 것은 엄마였다. 양념치킨과 후라이드치킨 사이에서 엄청나게 고민되는 순간 으레 '양념 반 후라이드 반에 무 많이'를 외치던 것처럼, 기내식 메뉴도 반반으로 주문해 버린 것이었다. 사실 기내식은 맛있는 메뉴가 정해져 있건만, 왜 나와는 상의도 없이 내 메뉴까지 정하는 것인가? 엄청나게 중요한 문제는 아니지만, 그런 엄마가 괜히 얄미워서 나는 뾰로통한 목소리로 말해버리고 말았다.

"아니, 근데 왜 내 메뉴를 엄마가 시켜!?"
"하나, 하나 해서 나눠서 맛보면 좋지 뭘 그래~? 에이~?"

얼라? 내 메뉴를 내 의사와는 상관없이 시켜놓고는 여러 가지를 맛보려고 했단다. 어머, 기가 막히고 콧구멍이 막히고. 저는 무조건 비빔밥파인데요? 어머니? 게다가 금방 주문하신 메뉴는 제가 그다지 좋아하는 메뉴가 아니란 말입니다! 안 먹는 것 없는 어머니의 딸내미가 극히 드물게 싫어하는 메뉴가 저 메뉴라고요. 휴.

'말해 뭐 해' 싶어 그저 '깨작깨작' 식사를 하는데, 엄마가 속도 모르고 비빔밥을 야무지게 비벼서는 내 그릇에 살포시 놔준다. 금방 따진 사람이 자존심은 있어야 하지만, '비빔밥은 아무 죄가 없지' 하며 밥을 먹는데 또 맛있고 난리다. 한참을 먹다 보니 엄마가 양손 걷어붙이고 야무지게 비벼준 비빔밥은 거의 바닥을 보이는데, 다른 메뉴 하나는 이상하게 그대로다. '힐끗' 보니 엄마는 아예 이쪽에 손길을 끊은 지 오래다. 이것도 맛 좀 보라 건넸더니, 비빔밥이 맛있다 하신다. 네, 제가 이럴 줄 알았습니다. 꽤나 편견 없는 제 입맛에도 비빔밥이 훨씬 더 맛있거든요. 이렇게 가끔 엉뚱한 순간에 도전 정신을 발휘하는 엄마 덕분에 속이 타서 그날 비행기에서 가장 많은 맥주를 마시며 배를 채운 사람이 나였을 거다. 두 번 다시는 기내식 메뉴 선택권을 엄마에게 뺏기지 않으리라 다짐했던 그 어느 날의 기내식이었다.

"쌈밥과 매콤한 해물 덮밥 중 어떤 메뉴로 드릴까요?"
"쌈밥 하나, 해물 덮밥 하나 주세요."
"어랏?……?"

이번에는 내가 답했다. 새로 나온 메뉴를 다양하게 맛보고 싶어 할 엄마를 위한 것이기도 했고, 시드니행 비행기에서 먹을 수 있는 두 메뉴 모두 맛있다는 평이 많았었기에 나름 자신 있게 선택했다. 나의 이런 계획을 알 리 없는 엄마가 이번엔 나를 붙잡는다.

"나는 해물 덮밥은 싫은데……? 네가 해물 덮밥 먹을 거야?"
"응. 엄마는 해물 덮밥 맛만 봐도 돼. 이것도 매콤하고 맛있다고 했어. 사람들이."

그제야 엄마의 입가에 웃음이 번진다. 얼굴보다 2배는 커 보이는 헤드폰을 낀 채, 눈은 모니터 속 영화를 뚫어져라 보며 손은 연

지지고 볶으면, 볶는 대로

신 쌈을 싸는 엄마다. 양 볼이 빵빵하게 쌈을 드시며, 모니터 속 영화를 보며 '깔깔깔' 하고 소녀처럼 웃는다. 그러더니 '아차' 싶었던지 나를 한번 '힐끗' 보더니, 크게 한 쌈 내민다.

와-앙.

입안 가득 쌈밥을 씹으며, 나는 생각한다. 아무려면 어떻냐고. 이러나저러나 엄마와는 기내식도 반 갈라 먹는 사이 하겠노라 다시 한번 다짐한다. 우리의 메뉴는 항상 비슷하겠지만.

"요기, 반반에 무 많이요~"

03

뿡 뽑고 싶어!

추워진 날씨 덕분에 거실 TV 앞 아궁이를 닮은 운동기구가 더 분주해졌다. 두 발을 넣고 다리를 쭉 뻗은 채 누우면, 알아서 몸을 흔들어 균형을 잡아주는 친구다. 퇴근 후 운동을 평계로 이 기구에 누운 채 약간의 '씰룩'임을 즐기곤 하는데, 이 친구는 확실히 '뿡을 뽑았다'. 힘들게 옆 동네까지 가서 이 친구를 중고거래로 사서 '끙끙'대며 들고 오던 날, 나는 엄마에게 '뿡을 뽑겠다'는 다짐을 받아 냈었다. 사실 평소에도 물건을 하나 살라 쳐도 뿡을 뽑는 엄마기에 불필요한 얘기였지만, 그저 우리를 스쳐 간 수많은 운동기구처럼 이 친구가 빨래 건조대가 되지 않길 바라는 마음이었다. 지금부터 하려는 이야기는 여행을 시작하자마자 혹독한 감기 덕분에 드러 누워야 마땅했지만, 뽕을 뽑으려고 투지를 빛낸 엄마의 이야기다.

장장 10시간의 비행은 내게 '퉁퉁 부은 얼굴과 푸석한 피부'를 선물했으며, 몇 년 사이 할머니가 된 엄마에게는 혹독한 감기를 선물했다. 결국 여행 첫날부터 엄마의 컨디션은 바닥을 치기 시작했다. 온몸은 '퉁퉁' 부었고, 잔기침을 하기 시작하더니 목이 부어 침을 삼키기도 힘들어하는 지경에 이르렀다. 평소에도 체력이 좋은 편은 아니었기에 이런 위기를 예상하지 못한 것은 아니었지만, 막상 닥치니 걱정이 태산이었다. 이제 막 여행이 시작된 참이었기에 컨디션이 더 나빠질 때에 대한 대비책이 필요했다. 과감히 하루를 포기하고 호텔에 머무르자는 내게 오히려 그 하루가 아까워서 안 된다며 버스 투어를 제안한 것은 엄마였다. 여기까지 와서 누워있으면 더 힘들다며, 영화 〈빠삐용〉 속 빠삐용이 뛰어내린 그 멋진 절벽과 그 아름다운 모래사장의 여유로움을 만끽하고 싶다고 했다. 유치원으로 향하는 귀여운 아가들 목에 리본으로 묶어주던 작은 손수건 대신 스카프를 귀엽게 목에 두르고는 쓸데없이 비장했다. 엄마는.

결국 엄마의 고집을 꺾을 길이 없어 시내버스를 하나 잡아타고 해안가로 향했다. 나는 그 멋지다는 절벽 앞에서 절규하는 것이 영화 속 빠삐용이 아니라 내가 되지 않기만을 그저 바라고 바랐다. 우리는 비상약부터 뜨거운 물이 담긴 텀블러까지 챙겨 버스 안의 그 어떤 여행객보다도 비장하게 버스에 올랐다. 여차하면, 그 비싼 택시를 타고서라도 병원으로 혹은 호텔로 뛰겠다는 각오로 버스에 탔으니 나름 비장할 만했다.

우리의 사정을 다 안다는 듯이 버스는 아주 천천히 해안 도로를 따라 달렸다. 우리는 때때로 하늘과 맞닿을 듯한 바다와 그 위에 잔잔하게 떠있는 요트들을, 또 때때로는 끝도 없이 푸르고 넓은 공원을 뛰노는 아이들과 가족들을 차창 너머로 만났다. 버스 기사 아저씨가 진심으로 부러워지는 순간이었다. 매일같이 이렇게 평화롭고 아름다운 풍경을 공짜로 즐기실 테니까.

시드니에서 가장 오래된 낚시 마을이라는 왓슨스 베이에 도착했을 때였다. 끝도 없이 펼쳐지는 모래 해변과 그림 같은 바다, 그리고 크고 작은 요트가 말 그대로 환상적인 곳이었다. 흐린 날씨를 예상하던 일기예보는 완벽하게 빗나갔고, 따뜻한 햇살과 적당한 바람 덕분에 엄마의 컨디션도 점점 회복되고 있었다. 우리는 영화 속 〈빠삐용〉이 뛰어내렸던 절벽 앞에서 모델처럼 자세를 취하며, 그 순간을 누렸다.

"엄마? 괜찮아? 힘들진 않아?"

"많이 나은 것 같아. 비싼 돈 주고 왔는데, 오늘 하루 너무 근사

지지고 볶으면, 볶는 대로

해서 다행이야. 혹시 나 때문에 여행 망칠까 걱정했거든."

헛기침을 연신 하면서도 엄마는 다행이라 했다. 예상은 했지만 역시 뽕을 뽑겠다는 이유 반, 딸의 여행에 폐를 끼치지 않겠다는 이유를 반으로 악착같이 버틴 것이 분명해지는 순간이다. 엄마는 '언제 또 올 수 있을지 모르니까 온 김에 눈에 잘 담아가야 한다'고도 덧붙였다. 아니 무슨 말을 또 그렇게 한담. 이렇게 좋으면 또 오자 하면 될 일 아닌가 싶어서 괜스레 마음이 뾰족해지고 만다.

"다음에 또 오면 되지!"
"그게 또 말처럼 쉽지 않지."
"또 오자고 하면 되지! 뭘 또 뽕을 뽑으려고 그래!"

나도 안다. 60대를 앞둔 지금도 장거리 비행 한 번 만에 바로 감기와 근육통으로 난리인데, 시간이 갈수록 장거리 여행은 더욱 힘들어질 엄마였다. 눈만 '또랑또랑' 뜨고 말없이 바라본 엄마 얼굴에 잔주름이 제법이다. 불과 몇 년 전과 달리 주름이 제법 깊게 자리한 얼굴이다. 누구나 먹는 나이지만, 엄마가 나이를 먹고 있다는 사실이 문득 서글퍼지는 순간이었다. 사람이라면 누구나 늙는 것이 당연하지만, 나의 엄마만은 예외였으면 한다. 짜증스러우면서도 괜히 또 코끝이 맵다. 두 눈마저 뜨거워지는 것 같아, 이내 고개를 돌려버린다. 이럴 때만 쓸데없이 감성적인 사람이 나라니, 좀 싫다. '뽕을 뽑겠다'는 엄마의 투지와 신념 덕에 내 눈앞에 펼쳐지는 바다는 그저 평화롭다. 내 맘도 모르면서.

지지고 볶으면, 볶는 대로

04

웃겨줘야 웃지

좁다란 길 사이로 아름다운 바다와 도심의 빌딩까지 한눈에 펼쳐지는 지금 이곳에는 우리 둘뿐이다. 발길이 드문 작은 오솔길을 따라 걷다 만난 광경은 그야말로 놀라웠다. 당장이라도 야생 동물이 뛰어나와도 놀랍지 않을 만큼 때 묻지 않은 자연이 숨 쉬는 숲에 몰래 들어온 느낌일까? 여행 중 이런 곳을 발견하는 것은 엄청난 행운이라며 얼른 엄마를 카메라 앞에 세운 나였다. 그저 한 폭의 그림 같아서 엄마만 정중앙에 자리를 잡으면 '딱'인데 이상하게도 엄마의 몸이 자꾸만 왼쪽으로 오른쪽으로 기운다. 마치 누가 당기기라도 하는 것처럼 계속 몸이 기우는 엄마를 향해 몇 번의 잔소리를 보탠 후에야 엄마는 액자의 정중앙에 자리를 잡았다.

"이제 ~ 찍는다!? 하나, 둘?"

가까스로 액자의 중앙에 자리를 잡은 엄마인데, 이번엔 표정이
문제다. 누가 협박이라도 한 것처럼 잔뜩 얼어있다(훗날, 이 사진을 보
고 엄마는 본인이 '늙어서 쭈글쭈글하다'고 표현했고, 나는 늙어서 생긴 쭈글쭈글
이 아니라 '어색하게 웃다가 포착된 찌글찌글'이라 정정해 줬다). 평소에는 잘
웃기도 하고 제법 다양한 표정을 갖고 있던 엄마지만, '찍는다'만
외치면 그대로 얼어버렸다. 요즘 말로 '뚝딱이'가 됐다.

지지고 볶으면, 볶는 대로

"표정만 조금 밝게 해볼까?"

이번엔 얼굴이 아예 일그러진다. 표정을 밝게 좀 해보자 했더니, 깊은 주름만 한가득 만들어 낸다. 자연스럽게 웃어주면 좋을 텐데 그게 그렇게 어려운 일인가 보다. 뭐, 훗날 우리 둘이 찍은 사진을 보고 나도 뒤늦게 깨닫긴 했다. 자연스럽게 웃는 것이 그렇게 어려운 일이라는 건. 뚝딱대는 모습까지도 우리 두 사람이 꽤 닮았다는 사실도 말이다. 평소에는 내가 '쫑알쫑알'만 해도 잘 웃는 엄마인데 계속 표정을 짓다가 아예 울상이 되어버리고 말았다.

"다시 한번만 이렇게 웃어봐. 화난 거 아니지? 엄마?"
"웃겨줘야 웃지……."

푸하하. 결국 소리 내서 웃음이 터져버렸다. 웃으면서 사진을 좀 찍어보자 했더니, 이제는 웃겨달란다. 웃겨. 정말! 누가 VIP 아니라 그랬나, 사진을 찍자 했더니 웃겨보라 하신다. 괜한 승부욕에 춤도 추고 우스갯소리도 해봤는데 절대 안 웃기단다. 오 마이 갓! 결국 찍는 사람도 찍히는 사람도 울상이 되고 만다. 이렇게까지 했는데 웃음이 안 나면 정말 방법이 없는 건가 싶은 찰나, 내 머릿속을 스쳐 가는 생각 하나.

"안 되겠다. 그냥 손녀한테 영상 편지 보낸다 생각하고 해보자."

1분도 가만히 있을 줄 모르는 세 살 난 조카의 이야기를 꺼내 자, 엄마의 얼굴이 냅다 환해진다. 세상을 다 줄 것 같은 너그러운 미소로 양팔을 벌려 카메라를 향한다. 찾았다! 이 표정! 아름다운 풍경과 그 풍경보다 더 아름다운 표정. 눈앞에서 수도 없이 우스꽝 스러운 행동으로 웃기려 노력했던 나지만, 지금도 어디선가 장난 감을 던지고 있을 조카한테 완벽하게 졌다.

사진은 피사체를 바라보는 사람의 따뜻한 마음을 담는 거라고 친구는 말했었다. 그 말은 반은 맞고, 반은 틀렸다. 사진은 카메라를 사이에 두고 찍는 사람과 찍히는 사람 그리고 그 너머의 누군가를 향한 따뜻한 마음을 함께 담는다. 서로를 웃게 하는 마음을 담는다.

지지고 볶으면, 볶는 대로

05

세상 쿨(Cool)한 사이
– 길 위에서 만난 인연은 길 위에 둔다

평소 좋아하는 유튜버 중에 인생에 대해 꽤나 명쾌하고 통쾌한 답을 내려주곤 하시는 분이 계신다. 이분이 하루는 지하철에서 비슷한 헤어 스타일에 비슷한 옷까지 맞춰 입은 나이가 지긋하신 어머님들을 우연히 만나게 되셨단다. 낙엽만 굴러가도 웃던 그 시절 소녀들처럼 꽤나 '까르르 깔깔' 사이좋은 어머님들이시기에 이분이 '꽤 오랜 친구 사이로 보이는데, 어느 시절부터 친구였느냐?'고 물어보셨단다.

"에? 우리? 요 앞 사당역에서 만났는데?"

"아니, 두 분 어머님은 언제 적부터 친구 하셨냐구요?"

"우리? 요 앞 사당역에서 지하철 타면서 처음 만났다니까!? 어머! 나 내려야 혀."

바로 몇 정거장 전 역에서 처음 만난 어머님 두 분이 그렇게 세상 가까운 사이처럼 이야기를 나누시는 것도 놀라울 상황인데, 더 놀라운 점은 따로 있었다. 세상에 둘도 없는 친구처럼 이야기를 나누던 어머님 중 한 분이 지하철 문이 열리자마자 먼저 인사 한마디도 없이 사라져 버리셨고, 다른 어머님도 '무슨 일 있었냐'는 듯이 그렇게 갈 길 갔다는 이야기였다. 처음 만나 지금까지 서로가 어떻게 살아왔는지에 대한 속 깊은 얘기를 주고받던 어머니들은 그렇게 잠시 절친이 되었다가, 헤어질 때는 또 요즘 말로 쿨하게 헤어졌다는 얘기에 영상 속의 또 다른 엄마들이 박수를 치며 웃어댔다. 지하철 안에 흔들리는 나도 어디선가 많이 본 것 같은 이야기에 결국 소리를 참고 웃으려다 '끅끅'대 버리고 말았다. 개그가 따로 없는데, 어디선가 많이 본 느낌이다.

시드니 현지사람들도 주말이면 패러글라이딩을 하거나 드라이브를 하러 가는 아름다운 해안 마을인 울런공에 갔던 날 우리 엄마가 딱 그랬다. 도심과는 꽤 먼 거리에 위치하기에 미리 일일 투어

지지고 볶으면, 볶는 대로

를 신청해 떠났던 참이었다. 소그룹 투어를 위해 이른 아침, 승합차에 탑승하자마자 조용하던 엄마가 갑자기 수다스러워졌다. 제법 연세가 있으신 중년 부부가 이날 투어를 함께하기 위해 차에 막 올라타셨을 때였다.

"어머! 뒷자리는 잘못 앉으면 목도 불편하고 멀미하던데~ 요 앞자리가 좋아요."

누구 물어보신 분? 이것이 시작이었다. 평소 그리 사교성이 좋은 편이 아니었던 엄마가 이제 막 말을 배워 봇물 터진 나의 조카마냥 이야기들을 쏟아냈다.

시작도 끝도 결코 알 수 없을 것 같은 엄청난 바다와 하늘이 한 눈에 펼쳐지는 푸른 언덕에서 차가 멈췄을 때는 급기야 세 분이 자리를 잡으셨다. 벤치 하나에 사이좋게 나눠 앉은 채, 대화 삼매경에 빠졌다. 엄마는 이번 여행은 누구와 어떻게 왔으며, 어제는 어디 어디를 구경했는데 뭐가 맛있었으니까 그건 꼭 드셔야 한다고까지 이야기했고, 이제 막 시드니에 도착한 아줌마와 아저씨는 열심히 고개를 끄덕여 주셨다. 아무리 봐도 한국에서 다 같이 호주로 같이 여행 온 친목 모임 같은 느낌이다. 잠시 대화에 귀를 기울여 보는데 이미 양쪽 집의 숟가락 개수까지 다 공유된 사이 같아 혼자 웃는 나를 향해 아저씨가 조심스레 말을 건네셨다.

"우리 이렇게 커피 한 잔 나눠 먹는 거, 딸내미가 사진 한 장 찍어줄 수 있을까?"

여기서 딸내미는 나겠지? 속으로는 살짝 '어머, 지금 만나셨잖아요?' 하면서도 흔쾌히 사진을 찍어드리는 나였다. 여행이라면 무엇이든 허용할 수 있는 법이니까. 그리고 그날의 투어 일정을 멋진 아줌마, 아저씨와 따로 또 같이했다. 바다 바로 앞의 테이블에 앉아 전세라도 낸 듯 그 엄청난 풍경을 만끽하며, 기대 이상으로 맛있었던 피시 앤 칩스도 나눠 먹고 재즈 피아니스트라는 아줌마, 아저씨아들의 음악까지 곁들였다. 그야말로 황홀한 순간을 함께 했고, 그 순간을 사진으로도 남겨뒀다. 이 정도면 완벽한 여행 모임 아닌가?

해가 어스름하게 질 때쯤 시내로 돌아와서야 우리는 일일 투어를 한 모두와 인사를 나누고 헤어졌다. 하루 종일 함께한 멋쟁이 중년 부부와는 특별하게 몇 마디 인사를 더 나눌 줄 알았는데, 그야말로 쿨하게 헤어졌다. 왜 그런 거 있지 않나? 여행지에서 만나도 마음이 잘 맞으면, 여행 중에 한 번쯤 더 만나 차도 마시고 근사한 곳에서 저녁도 한 끼 할 수 있고. 그런데 그런 작은 약속 하나 없이 그렇게 헤어졌다. 아주 오래된 인연처럼 살가운 하루를 보내고는 그저 모르는 사람들처럼 헤어졌다. 이럴 때 보면 엄마들이 젊은이들보다 더 쿨하다 못해 아주 냉정하다.

훗날, 여행을 마친 후 돌아와 사진을 정리하던 중 엄마는 뒤늦게 깨달았다. 엄마가 '나만을 위한 바다 위 식탁' 같았다고 표현했던 그날 그 바다 앞 식탁에서 찍은 사진이 내 카메라가 아니라, 함께한 중년 부부의 카메라에 담겼다는 사실을. 나는 지금이라도 주고받은 연락처로 전화를 걸어서 사진을 서로 주고받자 했지만, 일상으로 돌아온 엄마는 어느새 다시 수줍은 소녀 모드로 아쉽지만 괜찮다 했다.

'길 위에서 만난 인연은 길 위에 둔다'

이런 말을 들어본 적이 있다. 지금 막 만났지만 오래 알고 지낸 사이처럼 반갑게, 그렇지만 헤어질 때는 말없이 쿨하게. 뭐 이런 얘기인가 보다. 나의 엄마는 물론이고, 세상의 수많은 엄마들이 그러하듯이.

06

미안, 얼굴은 어쩔 수 없어

그런 사람이 있다. 사진을 찍히는 것보다 찍어주는 편이 더 편한 사람. 그런 사람이 바로 나다. 굳이 그 이유를 꼽자면, 매일 같이 거울을 통해 스스로가 보는 나 자신은 그래도 평범한 편인데, 사진에 담긴 내 모습은 별로인 경우가 많기 때문일지도. 조금이라도 눈을 키워보려고 발버둥 치다 결국 영혼 없이 어색해진 눈동자와 얼짱 각도 생각하며 움직여 본 얼굴 근육 덕분에 기다래져 버린 얼굴까지 어색한 것투성이다. 카메라 앞에서 워낙 '뚝딱' 하다 보면 종종 벌어지는 일이다 보니 웬만한 사진에 대해서는 '생긴 대로 나왔겠지' 하고 넘기는 편이지만, 지금 손에 들린 이 사진들은 말 그대로 선 넘었다. 꽤나 오랜만에 엄마가 찍어준 사진 속의 나는 못생겼고, 위태로웠다. 누가 옆에서 '툭' 치면 넘어갈 듯 아슬아슬하고 불안하게 비스듬했다. 그간 코어 운동에 소홀했던 내 자신을 되돌아볼 정도로 심각했다.

"엄마, 내가 이렇게까지 쓰러질 것처럼 서있는 편이야? 몸에 균형이 무너졌나?"
"응? 아닌데? 너 안 그런 편인데? 에이~ 다른 것도 봐봐."

맙소사. 핸드폰 속 사진을 아무리 뒤로 넘기고 넘겨봐도 어느 하나 멀쩡한 것이 없다. 어떤 사진 속 나는 주인공이 아니라 그야말로 배경이다. 유럽 감성을 담은 건물이 중앙을 '떡'하니 차지하고 그 옆에 눈, 코, 입 어느 하나 또렷하게 보이지 않을만한 아주 작은 크기로 내가 곁들여져 있었다.

"어머. 예쁜 건물이랑 찍어준다는 게 배경만 보고 찍어서, 네가 다 쓰러질 것처럼 나왔나? 어머머."

신나서 사진을 보여주던 엄마는 결국 시무룩했다. 늙어서 그런지 균형 감각도 사진 감각도 예전만 못하다며, 당장이라도 땅굴을 파고 들어갈 기세다. 사실 불과 지난해만 해도 나에게 사진을 이렇게 찍어라, 저렇게 찍어라 코치하던 엄마였다. 나름의 느낌과 감성까지 담겨있는 엄마의 사진을 나도 동생도 꽤 좋아했다. 살아있는 대부분의 것을 사랑하는 엄마의 시선이 담겨있었기에 나는 내심 엄마가 취미로 사진이나 블로그를 해보면 어떨까 하고 생각한 적도 있었다. 휴. 이번 사진 사태는 노화 문제보다는 오히려 이 완벽한 풍경을 한 컷에 '꾹꾹' 눌러 담으려다 발생한 사태로 보이는데 엄마는 애꿎은 노화를 탓한다. 이 멋진 풍경에 너를 꼭 담아주고 싶었는데, 이렇게 담겨서 어떡하냐 걱정한다. 더 깊이 땅굴을 파기 전에 이쯤에서 '커트' 하는 것은 내 역할이다.

"에이! 괜찮아! 웃겨서 얘기한 거야. 봐. 나무 머리랑 나랑 둘 다 바람에 날아갈 듯! 깔깔깔."

"……."

"예쁘게 나온 사진도 분명히 있을 거야! 내가 찾아볼게~?"

설마 했는데 사진을 넘겨볼수록 '억' 소리만 절로 나온다. 작은 희망을 가지고 다음 사진을 아무리 뒤져봐도, 보면 볼수록 가관이다. 눈을 뜬 것도 감은 것도 아닌 순간에 찍힌 그야말로 못생긴 사진들이 한가득. 이건 좀 잘 나온 건가 싶어 두 손가락으로 화면을

지지고 볶으면, 볶는 대로

키워보면, 눈을 희번덕 했거나 눈을 반쯤 감아 못생긴 사진들이다. 내가 봐도 웃긴 내 사진들. 못생겨도 세상 못생겨서 웃음이 터진다. 그러다 이내 억울해지는 거다.

"엄마아아아아아아아아아아아아악! 이렇게 못생기게 찍으면 어떡해!"
"풉. 어머머. 이 사진이 왜 이런대. 깔깔깔. 진짜 못생겼네."
"……."
"미안, 얼굴은 어쩔 수 없어."

'헉' 한 방 먹었다. 박장대소하며 웃다 아주 잠시 고민하던 엄마가 말했다. 얼굴은 어쩔 수 없다고. 사진은 거짓말 못 하니까 그렇게 생겨서 그렇게 나왔다는 얘기 아닌가. 맞는 얘기 같긴 한데, 뭔가 묘하게 억울하다. 이 얼굴 엄마, 아빠가 줬는데. 억울한 동시에 심각해지는 순간이다.

"나, 진짜…… 저렇게 생겼어?!"

07

아주 까다로운 '아무거나'
혹은 '알아서'

누구보다 먹는 것에 진심인 사람이 나다. 게다가 뭐든 잘 먹고 꽤나 잘 소화시키는 덕분에 크게 걱정 없이 잘 먹는 편이기도 하다. 덕분에 언제, 어디서, 어떤 메뉴를 주문할 때도 거침없는 사람이 바로 나인데, 가끔 메뉴를 고르는 것이 망설여지는 순간들이 있다. 바로 지금처럼 엄마와 함께 낯선 가게에서 메뉴를 주문해야 할 때가 그렇다. 어렴풋이 알 듯도 한데 여전히 어려운 것이 엄마의 입맛이다. 메뉴 앞에만 서면 늘 '난 괜찮아'를 주문처럼 외우며 뒤로 물러나는 덕분에 고민이 이만저만이 아니다. 게다가 이 도시의 메뉴판은 그림도 하나 없이 크기만 크다. 하는 수 없이 인터넷에서 메뉴 사진과 평을 확인하느라 분주한 나의 손을 가만히 잡는 엄마다.

"우리, 이제 빨리 주문해야 하지 않을까?"

안절부절못하는 눈길을 따라갔더니, 좀 전에 '메뉴를 다 골랐 냐?'고 묻던 직원이 아예 테이블 옆에 대기 중이었다. 눈이 마주치 자, 이번에는 '음료를 먼저 주문하겠냐?'길래, 대충 답을 하는 나를 재촉한 건 또다시 엄마였다. 워낙 남에게 불편을 끼치는 것을 싫어 하는 엄마였기에 직원이 다시 오기 전에 모든 준비를 끝냈으면 좋 겠다는 마음일 테다. 나는 아직 궁금한 것이 많은데, 계속되는 재 촉에 슬며시 화가 치민다.

"아니, 메뉴를 골라야 주문을 하지!"
"아직도 못 골랐어?!"
"응! 나 아직 다 못 봤어! 공갈빵처럼 생긴 메뉴 하나, 파스타 하나로 할까? 리소토는?"
"몰라. 아무거나. 난 모르니까 네가 알아서 시켜줘."

아이고, 세상 사람들~ 세상에서 제일 어려운 것이 아무거나 또는 알아서 아닙니까! 도대체 어느 메뉴판에 '아무거나'나 '알아서'가 있습니까!? 꽥! 진짜 또 저런다. 이런 상황이면 늘 마주하는 답변에 그야말로 속이 터진다. 늘 타인을 배려하느라 정작 딸의 사정은 '응, 난 몰라'라고 하는 것 같은 엄마에 결국 참지 못한 못된 망아지가 고개를 들었다.

"진짜 아무거나 시켜?!"
"응. 나 괜찮아. 아무거나 잘 먹어. 진짜!"

누가 보면 정말로 아무거나 잘 먹는 사람인 줄 알겠지만, 전혀 아니다. 향이나 간이 조금만 세면 손도 안 대고 고개를 '절레절레'하고 마는 아주 까다로운 입맛의 소유자가 이분이다. 아무거나 일단 입에 넣고 보는 나와는 달리, 겉모습이 조금만 이상하거나 처음본다 싶으면 음식과도 내외하는 입맛. 에라, 모르겠다. 결국 며칠 전 유튜브에서 미리 봐둔 공갈빵과 직원의 추천 메뉴로 주문하고는 고구마 하나 삼킨 듯 답답한 마음에 냉수만 들이켠다.

지지고 볶으면, 볶는 대로

　꽤 빠른 속도로 메뉴가 등장한 순간, 나는 웃었고 엄마는 입을 '앙' 다물었다. 예상한 대로다. 엄마가 평소 즐겨 먹던 파스타와는 달리 거대한 문어의 다리를 닮은 겉모습에다가 어딘가 낯선 향까지 풍기는 파스타의 등장이 난처한 것이 분명했다. 평소 다리가 많은 식재료와는 상극인 엄마가 '못 먹을 것을 시켰나' 하는 표정으로 눈치만 살핀다. 공갈빵을 닮은 빵에 치즈만 얹어 무심하게 입에 넣으면서, 문어를 닮은 파스타를 '힐끔'거리는 엄마에게서 나는 어린 시절 반찬 투정 하던 내 동생을 떠올렸다. 아! 이 지긋지긋한 사랑! 결국, 문어를 닮은 파스타를 먼저 크게 말아 입에 넣는 나다.

　"어랏! 완전 쫄깃하고 매콤하게 맛있는데?"

　사실 나도 문어 다리를 닮은 파스타 면은 처음이라 궁금했는데, 면발이 라면처럼 아주 쫄깃하고 '탱글탱글'했다. 게다가 매콤한 소스에 게살의 고소함까지 더해져 그야말로 소주를 부르는 맛이었다. 나의 호들갑에도 엄마는 여전히 젓가락으로 애먼 파스타 면발만 잡았다 놨다 한다. 사실 아직 마음이 다 풀린 것은 아니지만, 내가 봐줬다. 이 근사한 맛을 나만 볼 수는 없으니.

"이거 문어 다리 아니고, 파스타 맞아."

갑자기 엄마의 얼굴에 화색이 돈다. 금방까지 '아무거나 잘 드신다'던 분을 찾습니다! 이렇게 까다롭고 어려운 '아무거나'라니! 문어 다리로 끝까지 오해하게 두려다가 큰맘 먹고 그 정체를 알려준 나의 속은 까마득히 모르고 엄마가 웃는다. 먹어보니 맛있다며, '깔깔' 소리 내 웃는다. '미운 사람 떡 하나 더 준다'는 마음으로 알려주고도 어딘가 심통 나있는 딸내미 속도 모르고 그저 웃는다.

아, 나는 왜 자꾸 이 멀고 먼 땅에서 소주가 생각나는 건지…….

지지고 볶으면, 볶는 대로

08

쫌 쏠 줄 아는 그녀

가끔 두려울 때가 있다. 갑자기 봉인이 해제된 엄마가 눈을 반짝이며 속도감 있게 바구니에 무엇인가를 채우는 지금 같은 순간이 딱 그렇다. 바나나 하나를 살 때도 시장부터 온갖 마트까지 비교해야 직성이 풀리는 엄마의 이런 모습이 나는 무척 낯설다. 워낙 천연 영양제로 유명한 도시가 시드니이지만, 놀라운 속도였다. 언젠가 베트남에서는 평생 가도 절대 스스로에겐 안 쓸 어마어마한 금액으로 건강식품을 선물로 사 온 적도 있는 엄마이다 보니 두려운 것도 무리는 아니다. 결국 말려보지만, 돌아오는 답은 예상대로다.

"이건 아빠 것, 이건 네 동생네 부부랑 애기 줄 것들! 그리고 내가 가격을 다 비교해 봤는데, 확실히 여기가 제일 싸."

역시다. 여행 중 크고 작은 가게에 들를 때마다 이미 비교 분석을 마쳤단다. 공부를 좀 오래 했으면 아주 학자가 되어도 되었을 엄마다. 그중에서도 할인 폭이 큰 품목으로만 자신 있게 담고 있는 치밀함에 나는 아찔해졌다. 분명 전날만 해도 쇼핑이라면 지극히 소극적인 태도로 일관해, 나의 속을 뒤집었던 엄마였기에 도무지 알 수가 없다. 무엇이 엄마를 움직이는지는.

시내에서 1시간 정도 떨어진 근교의 대형 아웃렛을 찾았을 때였다. 다른 쇼핑몰에 비해 큰 폭으로 할인을 해주는 곳이라 현지사람들도 일부러 시간을 내 찾는 곳이었다. 엄마도 아빠의 선물을 고르겠다며 호기롭게 얘기했었다. 그런데 막상 이 매장, 저 매장을 둘러보는 엄마는 어딘가 조금 이상했다. 처음에는 마음에 드는 제품이 없어서 그러나 보다 싶었지만, 발걸음이 눈에 띄게 무거워지더니 복도 한편에 마련된 휴식용 소파에 결국 멈춰 서버렸다. 우뚝.

"난, 여기 있을래. 너 갔다 와."
"오잉? 왜?! 저기 할인 많이 한대. 구경이나 해보자~?!"

"싫어. 부담스러워."

귀를 의심하게 하는 표현이었다. 눈으로 하는 쇼핑에 돈이 드는 것도 아니고 도무지 이해가 가지 않았다.

"아니! 구경만 하는데 무슨 부담!!?"
"일단 저기는 세일 해도 너무 비싸고, 세일도 얼마 안 하고!"
"헉. 아니 세일 40%~50% 해서 저 가격이면 엄청 싼 건데?! 대체 세일 해서 얼마 해야 싼 거야?"
"음…… 비싸도 5만 원!?"
"네?! 암요~ 암요~ 네네네~"

으하하. 완벽하게 잊고 있었다. 다 좋아도 비싸면 짜게 식고 마는 엄마라는 사실을! 아무리 비싸도 세일 하면 5만 원 이하여야 사겠다는 엄마의 얄미운 손가락을 지켜보다 나는 화를 삼키며 결국 발길을 돌렸었다. 그저 귀여운 조카를 위한 작은 가방과 신발 하나를 끝으로 쇼핑을 마쳐야만 했던 슬픈 하루였다. 돌이켜 보니, 조카 선물들도 할인 폭이 크긴 했지만 절대 5만 원은 아니었는데 잔뜩 사서 쟁인 엄마였다. 도대체 무엇이 엄마의 지갑을 열게 한단 말인가?

"이것 좀 봐줘. 이거 성분에 이런 거 들어있어?"

잠시 생각에 빠진 내게 작은 영양제 통과 작은 메모지 하나를 다급하게 내미는 엄마다. 이름이 뭐가 이렇게 어려운지 읽기도 어려운데, 훨씬 더 좋은 성분이라 이게 꼭 포함되어 있는 제품을 사야 한다고 엄마는 주장했다. 전날 아웃렛에서는 분명히 내가 더 '쌩쌩'했는데, 오늘은 이상하게 엄마가 몇 배는 더 쌩쌩하다. 빠르게 성분을 확인하고 다시 영양제를 건네는 내게 엄마가 덧붙였다.

"오늘은 내가 쏜다!"
"응?"
"너도 필요한 거 다 넣어! 내가 쏜다."

와우. 난데없이 골든벨을 울린다. 사람에 치이고 영양제 바구니에 치일 것 같은 가게 한복판에서 엄마가 내게 마음에 드는 건 다 고르라 했다. 그간 아끼고 아꼈던 여행 경비를 여기서 다 탕진해야 할 것 같은 바퀴 달린 바구니를 끌고는 연신 움직이며 자비를 베풀었다. 전날 갔던 아웃렛에서 이랬다면 참 좋겠지만, 어찌 되었든 그저 골라본다. 다음엔 아웃렛에 같이 갔을 때, 엄마가 이런 얘기

지지고 볶으면, 볶는 대로

를 해줬으면 참 좋겠다.

"빵야! 빵야! 내가 쏜다!"

PART 3

이랬거나 저랬거나, 해피엔딩

01

윤땡땡 씨는 언제부터
그렇게 도전적이었나?

지도 앱에 파란 동그라미 하나가 반짝인다. 분명 여기가 맞는데 아무리 봐도 가게가 절대 보이질 않는다. 작지만 예쁜 가게라며, 청첩장을 나눠준다고 모이라던 친구는 유독 '나에게만 잘 찾아올 수 있냐?'고 세 번이나 물었다. 그땐 분명히 '당연하지'를 외쳤었는데, 당연하기는 개뿔. 지도 앱을 켜고 두 눈 부릅뜨고 따라가고 있는데도 이 상태다. 결국 '친구의 도움을 받아야겠다'고 생각하는 그 순간, 놀랍게도 눈앞에 등장한 것은 친구였다. 허허. 워낙 길을 잘 못 찾기로 유명하다 보니 친구가 미리 근처에 나와 나를 기다리고 있었단다. 내가 이렇다. 길눈이 없다. 지도 앱만 보느라 주변을 돌아보지 않은 것이 화근이라며 스스로를 향해 혀를 '끌 끌' 차는 내 어깨를 다독이며, 친구가 말했다. 이 정도 수준인데, 여행 잘 다니는 거 보면 용하다고. 용하긴 개뿔이다. 여행 내내 지도 앱을 보며 길을 찾아야 한다고 엄마한테 우기다 여러 번 길을 잃어버리고, 어깨에 담도 걸린 사람이 바로 나다. 나.

페리를 타고 시드니 곳곳을 둘러보기로 한 날이었다. 페리를 타러 호주 간다는 사람이 있을 정도로 나를 포함한 대부분의 사람이 좋아하는 그것이었다. 그도 그럴 것이 커다란 배의 2층 야외 좌석에 앉아, 끝도 없이 펼쳐지는 바다와 손만 뻗으면 닿을 것 같은 하늘을 한눈에 담을 수 있어 감동적이기까지 한 아주 근사한 교통수단이 바로 페리다. 여행객 입장에서는 오페라 하우스부터 루나파크까지 유명한 장소들을 한꺼번에 둘러볼 수 있어 아주 효율적인 페리 노선을 제안했던 나는 엄마한테 퇴짜를 맞았다.

"이거 말고, 저 노선은 안 돼?"
"저기가 어딘데?"
"M, O, S, M, A······."

약 20년 전 이곳을 찾았을 때도, 이번에 여행을 계획하면서도

단 한 번도 본 적 없는 지명이었다. 엄마가 아는 곳인가 싶어 물어봤지만, 엄마도 처음 본다고 했다. 아무 정보도 없는데 그냥 가보자고 했다. 지도 앱이며, 유명한 곳이며 다 치워두고 그저 발길 닿는 대로 가보고 싶다고 했다. 여행은 그저 마음 가는 대로 걸으면서 그 나라 사람들의 일상을 느끼는 거라며. 지도 없이는 결코 여행할 수 없는 나에게 꽤나 충격적인 제안이었다. 엄마는 늘 이렇게 예상치 못하는 순간에 나를 놀라게 하곤 한다. 평소에는 뭔가 새로운 걸 시도라도 해보면 어떨까 하면 거의 90% 이상의 대답은 '싫어', '무서워'였던 엄마다. 새롭게 뭔가 시도한다는 것 자체에 대한 거부감이 있는 것은 아닐까 싶었던 엄마가 아무것도 모르지만 새로운 곳에 가보자 한다. '윤땡땡 씨는 언제부터 이렇게 도전적이었나?' 하는 그 옛날 드라마 속 현빈 오빠의 대사를 속으로 삼키며, 나는 그저 엄마의 뒤를 따랐다. 엄마가 이렇게 도전적인 모습을 보이는 순간은 많지 않기에 더욱이나 그랬다.

　　그곳은 찬란했다. 이럴 때 쓰는 표현이 맞나 하고 사전도 살펴봤지만, 이 표현이 가장 적합하다. 오페라 하우스도 하버 브리지도 마다하고 딱 6명의 외국인과 함께 페리에서 내리는 순간, 눈앞에 펼쳐지는 풍경은 그야말로 반짝반짝했다. 언젠가 미술관에 전시된 그림 속에서 본 적이 있는 듯한 곳이었다. 눈이 부신 햇살은

　　　　　　　　　　이랬거나 저랬거나, 해피엔딩

잔잔한 바다 위에 떠있는 크고 작은 요트들을 비추고, 넓은 공원의 푸른 나무들 아래에는 강아지와 아이가 함께 앉아있는 평화로운 광경이었다. 어디를 둘러봐도 파랗고 푸른 길을 따라 레고 속 주택 같은 느낌의 집들이 바다를 내려다보는 언덕에 자리하고, 비현실적으로 우리가 있었다. 모든 것이 반짝였다. 그동안 찾았던 그 어느 동네보다 아름다웠다. 엄마는 복잡한 시장 속 인파를 뚫고 나를 떡볶이 가게로 이끌던 그 시절처럼 강단 있게 내 손을 잡아끌었다. 곳곳이 따뜻하고 아름다웠다. 이따금씩 유모차에 탄 아기와 함께 동네를 산책하는 동네 주민과 마주하면, 눈으로 인사를 나누거나 미소를 나눴다.

여행 기간을 통틀어 가장 자유롭고 평화로운 시간이었다. 막다른 길을 만날 때면 습관처럼 핸드폰 지도 앱을 만지는 내 손을 꼭 잡고, 엄마는 그저 발길 닿는 대로 우리를 이끌었다. 엄마의 말이 비로소 이해가 갔다. 여행은 특별한 게 아니라, 그저 마음 가는 대로 발길 닿는 대로 또 다른 일상을 느끼는 거라는 말이. 커피 한잔을 위해 카페를 가려면 또다시 버스를 타고 나가야 하는 아주 작고 작은 동네였지만, 커피 한잔 없이도 커피 한잔의 평화로움을 만끽할 수 있는 곳으로 이끌어 준 엄마에게 감사했다. 이 우연하고 엄청난 발견에 초대해 준 것에. 아주 낯선 도시에서 전혀 예상하지 못한 순간 나를 이끈 엄마를 향해 문득 다시 궁금해진다.

"윤땡땡 씨는 언제부터 그렇게 도전적이었나?"

　　　　　　　이랬거나 저랬거나, 해피엔딩

02

커피 한잔?

"커피 한잔?"

살다 보니 이런 날이 다 온다. 엄마가 나에게 커피 한잔을 권하는 날이라니, 감개가 무량하다. 분위기 좋은 곳에서 커피 한잔을 하자는 것은 나였고, 대부분의 경우 "글쎄?" 하고 반문하거나 거절하는 것은 엄마였기에 잠시 당황했다. 커피 맛을 모르기도 했고, 분위기가 좋을수록 높아지는 커피값이 너무 비싸다며 나를 말리곤 했던 엄마가 아니었던가? 여전히 의아해하는 나를 향해 엄마가 덧붙였다. 커피를 많이 즐기지 않았었지만, 호주에서 그랬던 것처

럼 예쁜 카페에 가서 고소하고 맛있는 커피를 한잔하고 싶다고. 모든 궁금증이 풀리는 순간이었다.

딱 걷기 좋은 날씨에 시드니에서 요즘 꽤 뜨고 있다는 '서리힐즈'라는 동네에 찾아갔었다. 우리나라로 치면 '성수동'과 비슷한 동네로 맛있는 커피나 빵집이 모여있는 곳이라길래 미리 몇 군데를 정해두고는 찾아갔는데, 역시나 사람이 한가득이었다. 핫플은 역시다. 워낙 기다리는 일에는 취미가 별로 없는 편인 나는 결국 엄마와 함께 발길 닿는 대로 그저 거리를 걸었다. 크고 작은 공원에 모여서 해를 즐기고 있는 사람들도 구경하고 소품 가게들도 구경하며 거리를 걷던 중 높은 오피스 빌딩 틈 사이로 자그마한 카페 하나가 눈에 띄었다. 눈이 좋아 발견한 것이지 그냥 지나칠 확률이 더 높을 만큼 작은 가게였지만 커피를 사려는 사람들이 길게 줄을 선 곳이었다. 가게 앞 등받이도 없는 낮은 의자에 앉아 행복한 표정으로 커피를 마시는 사람들의 즐거운 표정에 결코 놓칠 수 없는 곳이었다.

아주 커다란 창문 너머로 펼쳐지는 파란 하늘과 거리를 내다보며 우리는 늦은 첫 끼를 누렸다. 이따금씩 내리쬐는 따뜻한 햇볕에도, 살랑 불어오는 바람에도 설레는 순간이었다.

시원한 커피 한 잔과 아몬드 크루아상, 그리고 뮤즐리까지. 한국식 밥상에 비하자면 어딘가 간소한 느낌의 한 상이었지만, 커피

이랬거나 저랬거나, 해피엔딩

맛을 잘 모르는 나조차도 은은한 커피 향과 함께 입안에 퍼지는 커피 맛이 진심으로 근사하다고 느낄 수 있을 정도였다. 평소 커피를 즐기지 않는 엄마는 나의 성화에 아주 조심스럽게 첫 모금의 커피를 넘기고서는 두 눈을 크게 뜨고 말았다.

"와. 커피가 원래 이런 맛이었나? 향도 좋고 고소해."

엄마는 또다시 커피잔을 들었다. 이번엔 아주 과감하게 한 모금. 그렇게 커피 한 모금, 아몬드 크루아상 한 입을 반복하기 시작했다. 엄마가 호기심 가득한 표정으로 커피 한 잔을 들고 거리를 구경하고 있는 광경이 나는 그야말로 신기하고 반가워 연신 사진으로 남겼다. 그날의 풍경과 그날의 엄마가 잘 어울렸기 때문이기도 하고, 내가 평소에 엄마와 하고 싶은 데이트의 8할 정도가 이런 느낌이었기 때문이기도 했다. 내가 잠시 카페 안을 둘러보는 동안 커피를 즐기던 엄마가 일순간 난처한 표정을 지었다. 나는 가끔 이런 순간이 오면 마음이 다급해지곤 한다. '화장실을 찾아야 하나?' 혹은 '갑자기 속이 안 좋은 건 아닌가?' 하며.

"헉. 내가 다 먹었나 봐……. 미안해서 어쩌나."
"오잉?! 괜찮아! 나 어차피 또 뭐 먹을 거야."

나의 대답에 안심한 듯 엄마는 그제야 카페 안을 이리저리 둘러보며 원두를 찾기 시작했다. 엄마는 그날의 그 커피가 평생 동안 마셔본 커피 중 최고로 맛있는 커피라고 평했다. 실은 나도 그랬다. 커피 맛에 민감한 편이 아닌 나조차도 그날의 커피가 내 인생 최고의 커피였다.

　　그날의 커피가 이토록 오랜 잔상을 남기는 이유가 무엇인지 나는 아직도 잘 모른다. 커피가 정말로 엄청나게 훌륭한 맛이었던 것인지 아니면 그날의 분위기, 공기, 바람과 햇살 덕분이었는지 알수가 없다. 엄마도 잘 모른다고 했다. 그저 다시 생각날 정도로 훌륭한 맛이었고 따뜻했던 시간이라고 말했다. 이런들 어떠하리, 저런들 어떠하리. 엄마는 이제 커피 한잔의 맛과 멋을 즐길 줄 아는 낭만주의자가 되었고, 나는 그런 엄마를 기다려 왔으니 더 바랄 것이 없다.

　　　　　　　　　　　　　이랬거나 저랬거나, 해피엔딩

03

위기 탈출 넘버원

꽤 중요한 회의를 앞두고 준비 중인데, 노트북 속 메신저 창이 분주하게 울린다. 급한 일이라도 생긴 건가 싶어 봤더니 잡담방이다. 최근 인터넷에 그야말로 난리가 난 '화장실에 갇혔을 때, 나 홀로 탈출할 수 있는 법'이 화두였다. 이 사람, 저 사람이 저마다 한마디를 거드는데 화장실부터 베란다 창고까지 놀랄 노자다. 그러고 보니 그 무서운 경험이 나도 있다. 그것도 간신히 엄마를 설득해 떠났던 수억만 리 먼 타국 땅에서 있었다.

아침부터 꽤 운이 좋은 날이었다. 날씨는 기가 막히게 맑고 쾌

청했으며, 브런치로 먹은 빵과 커피도 훌륭했다. 게다가 운이 좋아야만 볼 수 있다는 '별이 쏟아지는 광경'을 깊은 산속에서 원 없이 본 날이었다. 심지어 늦은 밤 호텔로 돌아오면서 우리는 그날의 하루를 두고 '더할 나위 없었다'라는 표현이 부족한 것은 아닌지를 논하기까지 했었다. 물론 거기서 아주 조금만 더 운이 좋았더라면 한밤중에 호텔 계단에 아예 갇히지 않을 수도 있었겠지만.

아침까지만 해도 잘만 작동하던 호텔방 키는 먹통이었고, 때마침 프런트 데스크에는 아무도 없었다. 잠깐 고심하던 나는 엘리베이터 안의 다른 투숙객이 우리보다 딱 한 층 더 높은 층을 눌렀을 때, 무작정 그를 따라나섰다. 엘리베이터에서 작동하지 않는 카드키가 왜 우리 층에서는 작동할지도 모른다고 생각했는지는 나도 모르겠다. 다만, 그를 따라 내린 층에서 계단으로 향하는 문을 열고 나서는 순간 그런 생각을 잠깐 하긴 했던 것 같다. '설마, 문이 닫히자마자 잠기는 것은 아니겠지?' 하고. 계단을 타고 바로 아래층인 우리 방으로 향하려던 우리 등 뒤로 '쾅' 소리와 함께 문은 굳게 잠겼고, 그 늦은 밤 호텔 비상계단에 완벽하게 간혀버리고 말았다, 우리 둘은. 평소에도 좁은 공간과 꽉 막힌 공간에 대한 약간의 공포증이 있는 엄마인데, 완벽하게 밀폐된 공간이었다. 게다가 이른 아침부터 늦은 밤까지 꽤 피곤했을 컨디션을 생각하면, 한시가 급했다. 어지간하면 잘 긴장하지 않는 나조차도 등줄기로 식은땀이 흐르기 시작했다.

"어머! 우리 갇힌 거……야?"

흔들리는 목소리로 내게 묻는 엄마를 우선 자리에 앉혀두고, 속으로 '호랑이한테 잡혀가도 살 수 있다'를 얼마나 비장하게 되새겼나 모른다. 애써 태연한 얼굴로 다양한 방법들을 떠올리며, 최악의 경우에는 응급 구조 전화를 하겠노라 계획을 세우는 나를 붙잡은 것은 또다시 엄마였다.

"나…… 화장실도 가고 싶은데……."

으악. 엄마가 꽈배기가 되어간다. 더욱 다급해진 마음에 서두르던 중 나는 문득 호텔 키에 핫라인 전화번호가 적혀있다는 사실을 떠올렸다. 천만다행이었다. 다급한 내 전화에 호텔 직원은 몇 분

이랬거나 저랬거나, 해피엔딩

내로 구조하러 오겠다고 약속했고, 그가 굳게 닫힌 문을 여는 소리를 듣고 나서야 우리는 안도했다. 고작 몇 분 정도만 갇혀있었건만, 몇 시간은 흐른 느낌이었다. 엄마는 문이 열리고 나서야 '살았다'며 웃었고, 갇혔다는 생각에 어떻게 해야 하나 걱정했다는 속마음을 털어놨다. 나도 같지 뭐.

우리를 구조해 준 그에게 나는 진심을 담아 'Thank you'를 말한 후, 호텔 키를 만료시켜 이 사건을 만든 것에 대해 거세게 항의하고 나서야 방으로 돌아왔다. 방을 떠난 지 장장 16시간 만이었다. 빡빡한 일정과 마지막 에피소드 덕분에 '너덜너덜'해진 상태였다. 단 몇 분이지만, 얼마나 많은 두려움과 감정을 느꼈던가! 다급하게 화장실에 들어간 엄마를 향해, 놀라지 않았냐 물었더니 엄마는 아주 시원하다는 표정으로 말했다.

"처음엔 '진짜 큰일 났네!' 하고 놀랐는데, 네가 더 신경 쓸까 봐 조용히 있었어. 그런데 네가 막 갑자기 '척척척' 이렇게 하고 저렇게 해서 전화해서 영어로 얘기하고 바로 해결하는 거 보니까 멋있는 거 있지?!"

오 마이 갓! 내가 영어로 뭐라고 했더라. 너무 다급했던 나머지

어리바리했던 것 같기도 하고 기억이 깜깜한데, 멋있었단다. '척척' 해결하는 모습이 듬직했단다, 우리 엄마가. 씨익. 뭐, 아무렴, 어떻겠는가? 잘 탈출했고 가뜩이나 소심한 엄마에게 별 탈이 없었으니 그만하면 되었다. 막중한 책임감과 살아야만 한다는 마음으로 고작 몇 분 사이 내 얼굴이 조금 더 늙은 것 같지만, 괜찮다. 그날은 정말 발 닦고 침대에 눕자마자 그 모습 그대로 다음 날에 눈을 떴다나 뭐라나.

아무튼, 위기는 탈출하고 볼 일이다.

이랬거나 저랬거나, 해피엔딩

04

머리부터 먹어줄까?
팔부터 먹어줄까?

꽤나 쉬지 않고 쫑알대는 네 살배기 조카가 꽤 오랜만에 집에
오자마자 난리가 났다. 소파 위로 성큼 올라가 '폴짝' 하더니, 이제
는 안방 침대 위에서 '방방' 난리가 났다. 결국 필살기로 미리 사다
둔 분홍색 귀여운 곰 모양 초콜릿을 꺼내 들고 만다. 휴, 다행히 초
콜릿 막대를 손에 쥔 조카는 아주 잠시 초콜릿을 관찰하느라 조용
해졌다. '역시, 먹는 것이 최고다' 하며 잠시 지켜보는데, 어마 무시
한 조카님이다. 곰 모양 초콜릿을 유심히 살펴보며, 능글맞게 웃더
니 이렇게 말하는 거다.

"곰돌이 머리부터 먹어주까? 팔부터 먹어주까?"

아직 채 영글지 못한 발음으로 어느 부위부터 먹을 것인지를 고민하더니, 크게 한입 베어 물고는 또다시 이렇게 말했다.

"엇? 곰돌이 이제 팔이~ 없네!"

입가에 분홍색 초콜릿을 잔뜩 묻힌 채, '씨익' 웃으면서 말하는데 어딘가 괴기스럽기도 한 느낌이다. 한입 더 베어 물더니, 이제는 다리도 하나 더 없어졌단다. 오 마이 갓! 대사만 들으면, 거의 무시무시한 누와르 영화 속 한 장면 아니냐 이 말이다. 엄마가 그렇게 지켜주고 싶어 하던 조카의 '동심'이 이런 것인가 싶은 마음에 시선을 옮긴 나는 결국 보고 말았다. 너무 당황한 나머지 흔들리는 엄마의 두 눈동자를.

코알라, 캥거루부터 초콜릿까지 호주의 명물은 다 살 수 있다는 시드니 차이나타운 근처 시장에 갔을 때였다. 엄마가 여행 전부터 조카에게 사주고 싶어 했던 캥거루 인형의 가격을 비교하러 갔던 터였다. 사실 이미 시내에서 다양한 기념품 가게를 돌며 촉감부터 가격까지 모두 비교를 마쳐둔 엄마였지만, 저렴하고 좋은 물건이 꽤 많은 곳이라는 소식에 눈을 반짝였다.

"오! 요기 있다! 색깔이 꽤 다양하네! 여기는?"

엄마가 걸음을 멈춘 곳에는 조카 선물로 계속해서 마음에 담아 뒀던 캥거루 인형이 색깔별로 준비되어 있었다. 게다가 캥거루뿐만 아니라 토끼, 곰까지 동물 농장이 따로 없다. 한참을 요리조리 구경하던 엄마의 입에서 '앗' 소리가 흘러나온 것은 그때였다.

"에그머니! 이게 뭐람?!"

좀 전까지 배 속에 아기 캥거루를 품고 있던 엄마 캥거루는 온데간데없고 울상이 된 엄마의 손에는 아기 캥거루의 머리만 '댕강' 들려있는 것이 아닌가! 나는 바닥에 나뒹구는 엄마 캥거루 인형 주머니 속을 열심히 뒤져봤지만, 주머니는 이미 텅 빈 상태였다. 오 마이 갓! 분명히 다른 기념품 가게에서 봤을 때는 엄마 캥거루 인형의 주머니 속에는 아주 작고 예쁜 아기 캥거루가 들어있었는데, 이 집 아기 캥거루 인형은 머리만 있었다. 마치, 〈텍사스 전기톱 살인 사건〉 속 한 장면처럼 끔찍한 상황이라며 엄마는 나지막이 말했다.

"아니~ 우리 애기가 아기 캥거루 인형 꺼내다가 얼마나 놀라겠어! 동심은 지켜줘야지, 이건 안 돼!"

과감하게 가게를 나서며 야무지게 캥거루 인형을 째려본 엄마였고, 그 뒤를 따라나서며 연신 웃다가 결국 사레에 들려 '끅끅'댔던 나였다. 엄마는 결국 귀국 전날이 되고 나서야 아주 귀엽게 생긴 외모에 부드러운 털을 가진 캥거루 인형을 샀다. 동심을 지켜주겠다며, 엄마 캥거루는 물론 아기 캥거루도 머리부터 몸통까지 다 있는 귀여운 친구였다.

"이제 머리만 남았다!"

잠시 후 조카의 손에 들린 곰 모양 초콜릿에는 분홍색 머리만 남았다. 이 '댕강'이나, 저 '댕강'이나. 이 정도면 능글맞게 웃는 저 귀여운 표정의 조카가 인생 2회차는 아닐까 몹시 의심스러운 대목이다.

이랬거나 저랬거나, 해피엔딩

05

쟤들도 먹고살아야지

나는 지금 치열한 눈치 싸움 중이다. 갓 튀긴 피시 앤 칩스를 입에 조용히 넣으면서도 눈은 연신 좌우를 살피느라 바쁘다. 이렇게까지 어렵게 먹어야 하나 싶지만 공원 한편의 야외 테이블에 앉은 채 마주하는 바다는 놀라울 정도로 아름답고, 등 뒤로 와 닿는 햇살이 따뜻해서 내가 참는다. 이 와중에 튀김 옷을 입은 생선 살은 왜 이렇게 맛있는지, 이래저래 참아야 할 이유들뿐이다.

비둘기나 까치보다 두 배는 덩치가 더 크고 부리도 무시무시한 새들에게 완벽하게 포위된 채 식사를 하다 보니, 고충이 이만저만

이 아니다. 좀 전까지 어여쁜 외국인 커플이 식사할 때는 분명히
세상에 그 둘만 있는 것처럼 조용하고 우아한 느낌이었는데, 우리
주변에는 자꾸 객식구가 모인다. 그것도 가끔 이상한 소리도 내면
서 모여든다. 이상하다 싶어 주변을 살펴보니 범인은 따로 있었다.
엄마가 감자튀김이며 생선 살을 주변의 새들에게 던지기 시작했
던 것이었다. 먹이를 따라 새들도 함께 날아오르거나, 지들끼리 부

이랬거나 저랬거나, 해피엔딩

리로 쪼며 싸우기 시작했다. 그야말로 난장판. 이놈의 새 새끼들!

"으악! 이게 다 뭐야!?"
"쟤들도 먹고살아야지!"

'아니, 쟤들이 먹고사는 것도 중요하지만, 나는?' 하는 표정으로
바라보지만, 자꾸만 튀김을 던져댄다. 엄마의 접시가 비어가자 이
제는 급기야 내 쪽으로 몰려드는 새들이다. 이 영악한 새 새끼들.
하나라도 더 입에 넣어보겠다고 포크를 드는 바로 그 순간이었다.

"끼오오오오"

도대체 이게 무슨 날벼락인지 모르겠지만, 욕망 덩어리 새들이
높은 테이블 위로 공격적으로 날아들기 시작했다. '아, 쟤들이 날
개가 있었구나'를 실감하는 순간이었다. 지금까지는 두 발로 잔디
를 거닐며 튀김을 받아먹던 애들이라 몰라봤다. 날 수 있는 애들이
라는 걸. 처음엔 내 그릇만 공격하더니, 이제는 내가 들고 있던 오
징어 튀김까지 부리로 물고 뜯고 맛보기 시작했다. 언젠가 읽은 적
이 있다. 시드니 현지인들 사이에 유명한 깡패 새가 있다고. 공원
벤치나 바다에 앉아 뭔가를 먹을 땐 새들에게 뺏기지 않도록 경계

태세를 갖춰야 한다고 했는데, 내가 그 피해자가 될 줄이야. 이런 깡패 새들! 결국 정신이 사나워 식욕을 잃은 나를 지켜보던 엄마는 내 그릇을 통째로 새들에게 줘버렸다. 미처 '악' 소리도 못 하는 상황인데, 동네의 온갖 새들이 몰려와 싸우고 난리가 났다. 저 부리에 찍히면 진짜 아프다고 조심하라고들 했었고, 자연과 함께 살아야 할 새들의 삶을 방해하고 있는 것은 아닌지 걱정하는 내게 엄마가 흡족한 표정으로 말했다.

"쟤들도 먹고살아야지."

'악' 소리가 또 절로 난다. 100번이나 양보해서 자연과 더불어 살자는 마음만 이해해 보기로 했다. 그런데 어딘가 먹다 만 것 같

이랬거나 저랬거나, 해피엔딩

은 나의 헛헛한 배는 무엇으로 채워줄지. 결국, 30초도 안 되어 깡패 새들은 플라스틱 용기를 완벽하게 비웠다. 엄마는 '볼 장 다 봤다'는 듯이 갈 길 가는 새들의 뒤태 한 번, 말 없는 바다를 또 한 번 흡족하게 바라보고는 빈 그릇을 분리수거까지 완벽하게 마무리하고서야 자리를 떠났다.

작은 농촌 마을에 살던 어린 시절, 나는 엄마를 따라 산으로 들로 밤이나 감을 따러 가곤 했었다. 예나 지금이나 욕심만 많은 나는 엄마가 늘 더 많은 밤이나 감을 내게 안겨줬으면 했다. 밤도 그렇고 감도 그렇고 그 커다란 나무에 결코 혼자 열리는 법이 없으니. 그럴 때마다 그런 나를 조용히 타일렀던 엄마였다. 열매를 남겨둬야, 까치도 먹고 다람쥐도 먹을 수 있다고. 집으로 돌아가기 직전까지 나무에 손을 뻗는 나를 가만히 잡고는 말하곤 했었다. '쟤들도 먹고살아야지' 하고.

사람은 안 변한다. 머리로는 이해해 보지만, 쟤들 말고 옆에 있는 핏줄인 내 먹고살 것 좀 같이 고민해 줬으면 한다. 이상하게 허기가 진다. 이것은 필시 엄마의 마음과 내 튀김을 저 깡패 새들에게 뺏겨서일 터. 호텔로 돌아가면 맥주나 한잔 시원하게 할 테다. 콸콸콸!

06

세상 쿨(Cool)한 사이, 그 두 번째
- 도움이 필요한 낯선 사람을 만나면

최근 '나에게 인류애라는 것은 과연 존재하는가?'라는 본질적인 질문을 하는 일이 많아졌다. 늦은 퇴근 후 마중 나온 엄마와 함께 지하철역 입구 계단에 누워있는 아줌마를 발견한 지금 같은 순간에도 그렇다. 내 눈에는 취객으로, 엄마의 눈에는 질환으로 갑자기 기절했을 수도 있는 도움이 필요한 분으로 보였다. 냉탕과 온탕 사이는 이런 경우를 두고 하는 말인가 보다. 고민할 새도 없이 손을 뻗는 엄마를 막아서는 나다. 낮은 목소리로 '길에서 잠든 취객을 깨웠더니, 갑자기 폭력을 휘둘렀다는 뉴스는 안 본 것이냐?' 말하며. 내가 이런 사람이다. 인정이라고는 딱 눈곱만큼 있을까 말까

한 사람. 결국은 지하철 직원분과 뒤이어 도착하신 경찰 아저씨들이 사태를 수습하셨다. 휴. 나는 우리의 안위가 더 중요한 이기적인 사람이고, 엄마는 따뜻한 인류애를 가졌지만 꽤나 위험한 사람이다. 힘도 그렇게 안 세면서, 일단 손부터 내밀고 보는.

같은 상황은 시드니 공항에서도 있었다. 출입국 수속이 꽤 깐깐한 나라였기에 온 신경을 쏟고 있던 찰나에 '한국 분이세요?' 하며 말을 걸어온 아주머니 한 분이 계셨다. 꽤 오래전 가족들과 호주의 작은 도시로 이민을 오셨다는 그분은 우리를 꽤 반가워하셨다. 엄마도 역시 꽤 오래 알고 지낸 동네 친구를 타지에서 만난 것처럼 신이 난 눈치였다. 탑승 수속을 하는 내내 두 분 사이에는 오디오가 빌 틈이 없었다. 뭐, 이 정도까지는 나도 웃어넘길 수 있었다. 이억만 리 타국의 공항에서 만난 우리나라 사람들과 친근하게 대화를 주고받는 것은 꽤 흔한 일이니까.

"혹시 제가 밥을 사도 될까요? 비행기 환승 때문에 밥을 못 먹었거든요."

오 마이 갓. 갑작스럽고 당황스러운 제안이었다. 꽤 냉소적인 나란 사람은 낯선 분의 제안에 놀랐고, 그 의도마저 의심하기 시작했다. 작은 소녀 같은 모습의 그분은 전혀 느끼지 못하게 소리 없이 그분을 경계 중인 내게 엄마의 눈길이 조용히 와 닿았다. 뒤이어 낯선 그분의 눈길도 내게 왔다. 아마도 동의를 구하는 눈빛이었겠지. 조용히 거절하려던 찰나, 먼저 입을 뗀 건 웬일로 엄마였다.

"우리는 이미 저녁을 먹고 왔는데……."

거절을 할라치면 정확하게 하는 것이 좋은데, 저 뒤의 수많은 '점'은 무엇이란 말인가? 거절인 듯 거절 아닌 듯 난처함을 담은 엄마다운 답변이었다. 평소에도 거절을 잘하는 편이 아니다 보니, 익숙했다. 그러고는 다시 나를 살피는 엄마를 한 번 '힐끗' 보고는 내가 입을 뗐다.

"감사한데, 저희는 배도 부르고. 면세 쇼핑도 좀 해야 해서요."

엄마가 늘 너무 차갑게 말하지 말라고 타이르는 나이기에 조금 돌려서 말하려고 노력했다. 이어 발길을 옮기려 하는데 또 한 번 나를 붙드는 목소리가 있었다.

"아이. 그래도~ 잠깐 간단하게 먹고 구경하면 어때요?"

"어? 그럴까요? 그럼 제가 앞에만 앉아있어 드릴게요!?"

첫 번째 대사는 그분이었고, 두 번째 대사는 엄마였다. 휴. 방심하면 안 됐는데. 낯선 그분의 얼굴에도, 엄마의 얼굴에도 수줍게 미소가 번졌다. 결국 낯선 아줌마를 따라 식사하러 떠나는 엄마의 귀에 대고 나는 조용히 속삭였다. 핸드폰은 꼭 쥐고 있고, 어디로 식사하러 갔는지 바로 알려달라고. 혹시 또 모른다고 생각했다. 나 몰래 엄마를 데리고 멀리 가버리면 나는 어떻게 해야 하나 걱정할 만큼 위험하다고 생각했지만, 그 주변에서 쇼핑하면서 지켜보고 있겠다는 말은 삼켰다. 엄마가 극성맞은 딸이라고 질색할 것이 뻔하니까. 이래저래 참 마음 편하게 살기 어려운 현대사회다.

초밥 코너에 자리 잡은 엄마와 그분은 언뜻 봐도 수다 삼매경이었다. 신경이 온통 저쪽으로 다 쏠리다 보니, 나 역시 쇼핑을 제대로 할 수가 없어 포기하고는 엄마와 그분이 계신 테이블에 합류하고 말았다. 소녀 같은 외모와는 전혀 다르게 강단 있게 버텨온 세월을 이야기하는 그분의 이야기가 한창이었다. 언젠가 인생의 3분의 1 정도는 해외에서 살 것이라 늘 말했던 나에게는 그 어떤 얘기보다도 살아있는 이야기였다. 이 정도면 별일도 없고, 비행기만 타면 되니까 하며 대화에 열심히 기울이고 있던 찰나, 그분이 또

한 번 넌지시 말씀하셨다.

"혹시 비행기에서 내리면 전화 한 통만 빌려 쓸 수 있을까요?"
"아, 그럼요!"

역시나 처음은 그분, 다음은 엄마다. 버스 탈 때 마중 나와줄 친구한테 전화를 한번 해야 하는데, 로밍을 못 하셨다고 하셨다. 요즘은 핸드폰이 지갑이 아니던가! 최근에 '휴대폰 한번 빌려줬다가……'로 시작하는 범죄 관련 기사들이 차례로 떠올라 또 걱정이 앞섰지만, 이미 엎질러진 물이었다.

무사히 인천공항에 도착한 직후부터 엄마는 꽤 먼 좌석에 따로 앉았던 그분을 기다리기 시작했다. 약속을 지켜야 한다며. 아이고. 동네 사람들, 세상이 참 아름답죠? 다시 만난 그분은 다행히 공항에 도착하자마자 친구와 카톡을 했다며 버스를 타고 떠났다. 나는 내심 안도했고, 엄마는 약속을 지킨 것에 만족했으며, 그분은 다시 낯선 사람으로 그렇게 떠나셨다. 꽤 오랜 기간 사귀어 온 친구처럼 삶을 이야기하던 두 사람은 그렇게 다시 각자의 삶 속으로 향했다. 이름도 연락처도 하나 없이. 엄마는 그렇게 또다시 길 위에 인연을 뒀다. 언제나 그렇듯 도움이 필요한 낯선 사람에게 손부터 내밀고 보는 엄마가 보여주는 인류애가 나는 꽤 감동스러우면서도 어딘가 '아슬아슬'해 보이곤 한다. 그래서 어린 시절 유치원이나 학교에 가는 내 등 뒤로 엄마가 외쳤던 것처럼 결국 외치고 마는 것이다.

"차 조심! 개 조심! 사람 제일 조심! 제발~~!!!"

07

오! 나의 모나리자

아침부터 동생이 복장이 터진다며 연락을 해왔다. 꽤 오래전부
터 벼르다가 엄마와 눈썹 문신을 하러 가기로 했는데, 갑자기 엄마
가 변심했다는 소식이었다. 꽤나 변덕이 있는 엄마다 보니 그리 놀
라운 일은 아니지만, 이번은 그 이유가 궁금해졌다. 엄마의 꽤 오
랜 숙원 사업이었기 때문이다. 게다가 요즘 거울 앞에서 눈썹을 그
리는 시간이 늘어난 걸 보면 부쩍 신경 쓰여 하는 부분임에는 틀
림없었다. 동생에게 그 이유를 물었더니, 한숨과 함께 답이 돌아왔
다. '눈썹 문신이 유지되는 기간도 너무 짧고, 눈썹은 나도 잘 그릴
수 있어'가 대답이었단다. 푸하하하. 반영구 화장이 10년씩 유지

되면 사업하는 사람들은 다 어떻게 하냐며, 아마도 가격이 너무 비싸다 싶었을 거라며 우리 자매는 입을 모았다. 그건 그렇고 엄마가 눈썹을 잘 그렸던가? 진짜로? 내친김에 떠올려 보는 엄마의 눈썹은 아무리 생각해도 곤란하다. 저런.

　멋진 배경을 두고 어김없이 엄마를 카메라 앞에 세웠던 날이었다. 영화 〈매트릭스〉 속 한 장면을 촬영한 곳으로, 작은 유럽을 연상케 하는 거리였다. 그날따라 여러 각도와 자세로 사진을 아무리 찍어봐도 사진 속 엄마가 묘하게 달라 보였다. 정확히는 전체적으로 이목구비가 너무 흐릿해 보이면서 원래 얼굴보다 덜 예뻐 보이는 느낌이랄까? 얼굴이 어딘가 흐릿하게 나온다는 내 얘기에 엄마는 핸드폰 렌즈나 잘 닦아보라고 했다. 평소 한두 번 있던 일은 아니기에 자연스레 액정을 닦으려던 내 손놀림에 갑작스레 커진 화면 속 엄마의 얼굴이 뭔가 어색했다. 내 눈에 뭔가 포착된 것은 바로 그 순간이었다.

　'듬성듬성'

　잡았다 요놈. 뭔가 이상하다 했더니, 엄마의 눈썹은 테두리만 그려져 있었다. '차곡차곡' 빼곡하게 채워져 있어야 할 중간이 비어있었다. 그제야 이상한 낌새를 눈치채고 다가온 엄마는 나와 머리를 맞대고 사진을 지켜보다가 결국 웃음이 터지고 말았다.

"어머! 내가 아침에 눈썹 그렸는데, 다 어디 갔지?"
"푸하하. 아니! 이게 뭐야? 눈썹이 없는데 아예! 푸하하하하."
"야! 원래도 없었는데! 나이 먹어서 더 빠졌다! 왜!?"

앗. 가끔 저렇게 당당한 엄마의 모습이 나는 이상하게 귀여울 때가 있다. 왜 그런 거 있지 않나? 누군가를 놀렸는데, 당한 사람이 '방방' 뜨면 더 놀리고 싶은 못된 놀부 심보. 사람이 아픈 구석은 함부로 건드리는 것이 아닌데, 평소에도 엄마를 놀리는 재미로 사는 못된 망아지의 입꼬리가 '슬그머니' 올라간다.

"알지! 그래서 모. 나. 리. 자."

눈썹이 없는 그녀의 이름은 모나리자. 어린 시절부터 눈썹 숱이 적었던 엄마의 별명 중 하나가 모나리자라고 했었다. 푸하하하. 여전히 웃음을 참지 못한 채 '눈썹 좀 꼼꼼하게 그리지 왜 그랬냐?' 하며 핀잔을 주자, 결국 엄마는 버스정류장에 앉아 뒤늦게 눈썹을 채우기 시작했다. 작은 거울 하나에 비춰 보며, 촘촘하게.

여행을 떠난다는 우리의 등에 대고 동생은 그런 얘기를 했었다. 예쁜 사진을 남겨야 하니까 화장품이나 드라이기 등 좀 잘 챙겨 가라고. 어쩐지 여행지 그 어디에서 누굴 만나도 다들 꽤나 공들인 화장에 머리여서 이미 후회 중인 우리였다. 그리고 늙어서 자꾸 줄어가는 눈썹 숱에 더 이상은 안 되겠다며, 비장하게 눈썹 문신을 다짐했던 그날의 엄마였다.

그날 이후로 나의 모나리자는 매일 아침 거울 앞에 서서 꽤나 공을 들여 눈썹을 그린다. 그날의 굴욕을 안겨줬던 눈썹 펜도 바꾸고, 조금은 비어있는 눈썹을 촘촘하게 채운다. 그리고는 내게 '오늘 눈썹은 잘 그리지 않았냐?'며 종종 묻는다. 내 눈에는 그 눈썹이 그 눈썹인데. 눈썹 문신을 하든 눈썹을 그리든 엄마는 나의 모나리자다. 갑자기 떠오른 노랫말이 계속 맴돈다.

정녕 그대는 나의 사랑을 받아줄 수가 없나~
나의 모나리자 모나리자
그런 표정은 싫어~ ♬ ♪

– 조용필 선생님의 '모나리자' 중 –

눈썹은 모르겠고, 나의 사랑을 받아주오. 나의 모나리자!

이랬거나 저랬거나, 해피엔딩

PART 4

다시,
떠날 결심

01

다시 시작한다면

며칠 전 친한 언니가 박사학위에 도전하겠다고 선언했다. 삶에 언제나 진심인 언니였기에 예상은 했지만, 놀라운 추진력이었다. 야근을 밥 먹듯이 하고 주말 출근까지 감행하면서 프로젝트를 진행 중인 언니는 몇 년 전 석사 학위를 딸 때도 무척이나 애를 먹었었다. 늦은 밤까지 일을 하고, 퇴근 후에는 엄청난 과제에 논문까지 감당해 내는 진정한 주경야독. 쪽잠을 자면서까지 그 엄청난 일을 결국 강단 있게 해낸 언니다. 또 한 번 그 대단한 도전을 앞둔 언니를 한결같이 응원하며, 나는 잠시 '나라면 저 일을 해낼 수 있었을 것인가?'에 대해 생각해 봤다. 나 역시 공부에 대한 생각이 아예 없던 것은 아니었지만, 언니만큼 진지하게 고민해 본 적은 없었다. 불과 얼마 전까지만 해도.

토요일 이른 아침, 서둘러 버스에 몸을 싣고 향한 곳은 꽤나 오래전부터 내가 엄마에게 꼭 보여주고 싶은 곳이었다. 나는 줄곧 이곳에서 꼭 엄마의 사진을 남겨주고 싶다고 생각해 오곤 했다. 날씨는 거의 분 단위로 맑았다가 흐렸다가 했지만, 계획을 바꿀 생각은 없었다. 창밖을 내다보며 나는 나 홀로 찾았던 그곳에 드디어 엄마와 향하고 있다는 사실에 이상하리만큼 가슴이 벅찼다.

다시, 떠날 결심

버스에 탄 사람들 중 거의 대부분과 함께 내린 곳은 시드니 대학교 앞의 작은 공원이었다. 이정표를 볼 필요도 없었다. 작은 공원을 지나갈 때만 해도 별다른 감흥이 없던 엄마는 학교 정문에 도착하고 나서야 탄성을 자아냈다. 영화 〈해리포터〉 속 해리포터와 헤르미온느가 수업을 듣고 있을 것만 같은 고풍스러운 외관부터 압도적이었다. 초록의 잔디는 끝도 없이 펼쳐지고, 벽돌로 쌓아 올린 유럽풍의 건물은 비현실적으로 아름다웠다. 모두들 저마다의 웃음을 사진으로 남기느라 분주했다. 우리는 아치형의 짜임새 있는 건물 구조 덕에 마치 액자 속 사진처럼 학교 건물과 하늘을 담을 수 있는 장소에서 그 시절 어느 캠퍼스 청춘처럼 쉬지 않고 사진을 찍어댔다. 하늘이 얼마나 변화무쌍한지 구름이 조금만 움직여 해를 가리면 폭풍 전야의 장면이 되었다가, 해가 구름을 비켜 조금만 밖으로 나올라치면 애니메이션의 한 장면처럼 맑은 하늘과 건물 그리고 엄마가 담겼다. 찬란한 캠퍼스가 엄마와 근사하게 어울리는 모습을 지켜보며, 나는 어딘가 진심으로 미안해지고 말았다. 그때 그 시절의 일을 떠올리며.

대학교를 졸업할 무렵이었다. 진짜 하고 싶었던 꿈을 포기한 채, 치열한 취업 전쟁을 치르던 나는 정말 운 좋게 한 외국계 기업에 입사할 수 있었다. 그리고 졸업식 날이 되었을 때, 이미 치열한 취업 전쟁에 지쳐 별 감흥이 없던 나는 그저 친구들과 술이나 거하게 마시고 다음 날이 된 후에 집으로 돌아갔었다. 때마침 저녁 식사를 위해 식탁에 앉아계시던 아빠가 넌지시 말했다. 왜 졸업식에 혼자 갔냐고. 그 순간 그 말에서는 어떤 감정도 온도도 느껴지지 않았다. '에이 졸업식 별거 없어' 하고 말하려던 찰나, 아빠는 저녁을 준비하느라 분주한 엄마가 들을 수 없을 만큼 작은 목소리로 말했었다. '너 혼자만의 졸업식이 아니지 않으냐?'고. '엄마의 머리 위에 곱게 학사모를 씌워주며, 고맙다는 말 한마디 건네는 것이 그리 어려운 일이었냐'고 조용히 타일렀다, 나를. 그제야 깨달았다. 지극히 이기적인 내가 놓쳐버린 순간을.

"나도, 다시 가고 싶다."

강의실의 열린 문틈으로 뭔가를 진지하게 논의 중인 학생들을 발견한 순간, 마음이 입 밖으로 뛰쳐나왔다. 꿈도 많았고, 뭐든 할 수 있다고 생각하던 때니 그럴만하다. 꽤나 오래전, 이곳을 혼자 걸었던 그 시절의 나를 순간 떠올리며, 어딘가 웃을 수도 울 수도 없는 어색한 표정이 된 채 멍하니 걷는 나를 향해 엄마가 말했다. 대학교를 졸업할 때 사실은 공부를 좀 더 하고 싶다고 얘기할 줄 알았는데 내가 그런 얘기를 하지 않아서 의아했다고.

"그때는 더 중요한 것이 있었으니까."

"……."

"다시 시작할까?"

내심 '하고 싶다고 하면 다 되는 거냐?'고 핀잔을 줄 것 같았던 엄마는 오히려 '너 스스로에게 잘 물어보라'며 나를 다독였다. 우문현답이다. 진짜 하고 싶은 것이 공부인지, 지금의 치열한 직장생활에서 잠시 떨어져 있고 싶은 것인지는 나 스스로에게 묻고 또 물을 일이었다. 캠퍼스를 거니는 것만으로도 이런 생각이 드는 걸 보아하니, 진지한 고민이 필요한 시점이라는 생각이 들어 나 스스로에게 약속했다. 내가 만일, 다시 학교에 가게 되면 그때 그 졸업식에는 꼭 엄마를 초대해 멋진 학사모를 씌워드리겠다고. 다음 일정을 위해 아쉬움을 안고 학교를 나서면서, 나는 다시 한번 정문 앞에 엄마를 세웠다. 양팔을 하늘 위로 높이 올린 채 웃어보라 했다. 보이지 않는 학사모를 쓴 엄마가 당장이라도 학사모를 던질 것만 같은 포즈로 하늘을 향해 손을 뻗는다.

02

그런대로 잘 살아왔나 봐

감동이 곁에 있는 이들에게 쉽게 전염된다는 말은 참이었다. 그 대상이 심적으로 가까운 존재일 경우의 여파는 그야말로 어마어마 했다. 머리털 나고 처음으로 엄마가 감동하는 순간을 목격하며, 나는 가슴이 묘하게 벅차올랐다. 일일 투어 가이드 아저씨가 작정하고 준비한 바로 딱 그 지점이자, 꽤나 뻔한 상황이라 내가 '설마' 하던 바로 그 순간 엄마는 감동했고 감정을 터트렸다. 워낙 감정 표현에 익숙하지 않은 엄마이기에 나는 그 순간을 묵묵히 지켜봤다. 그리고 엄마의 목소리를 통해 평생 처음 들어본 그 말을 나 혼자만 볼 수 있는 메신저 창에 고스란히 남겨뒀다. 절대 잊고 싶지 않아서.

"그런대로 잘 살아왔나 봐."

담담하지만 울림이 있는 말이었다. 작은 문제라도 생기면 일단 자신부터 탓하기 바빴던 엄마였기에 좀처럼 스스로를 '고생했다' 다독이는 법이 없는 사람이었으니까.

바야흐로 블루 마운틴의 깊숙한 곳에 자리한 큰 바위에 걸터앉아, 해가 지기만을 기다리던 때였다. 가이드 아저씨가 익숙하게 안내한 곳은 인적이 드문 첩첩산중 속 어느 너른 바위였다. 발길은 나있지만 확실히 인적이 드물어 고요했고, 겹겹이 쌓인 산봉우리 사이에서 무섭게 이글대던 해가 지는 모습을 또렷하게 마주할 수

다시, 떠날 결심

있는 곳이었다. 바위에 저마다 자리를 잡고 앉아서 그저 말없이 저 멀리 지는 해를 지켜봤다. 조용하다 못해, 서로의 숨소리마저 고스란히 들려오는 순간이었다. 낭만과는 제법 거리가 있는 나는 '언제 질지도 모를 해를 이렇게 마냥 기다려도 되나?' 하는 생각을 하며, 언젠가 읽었던《고도를 기다리며》의 주인공이 된 기분이었다.

'And now, the end is near,
And so I face the final curtain.'

어디선가 낮게 읊조리는 듯한 노래 하나가 울려 퍼진 것은 그 순간이었다. 누군가의 의지와 상관없이 살아온 삶을 돌아보게 만드는 '마이 웨이(My Way)'라는 팝송이었다.

주변은 온통 주황빛으로 물들기 시작했고 세상이 멈춘듯한 고요한 산속에 낮은 목소리 하나만 울려 퍼졌다. 그림보다 더 아름다운 산의 풍경과 일몰, 마음을 후벼 파는 명곡이라면 누구라도 충분히 감상에 빠질 수밖에 없지 않겠는가? 이제 와서 말하자면, 개인적으로는 이 정도면 완벽하게 뻔한 상황이라고 생각했다. '무조건 감동을 주고야 말겠다는 강한 의지의 표명 같다'고 잠시 삐딱하게 생각했고, 그저 해가 완벽하게 지는 모습을 카메라에 담겠다며 꽤 오래 잡고 있던 팔의 자세를 고쳐 잡던 참이었다.

"감동적이야. 그런대로 잘 살아왔나 봐."

'들릴까 말까' 하는 목소리로 엄마가 낮게 읊조렸다. 두 눈은 저 산등성이 너머 붉게 물든 해에 고정한 채였다. 한순간도 놓치지 않겠다는 듯이. 그 순간, 놀라울 만큼 내게도 감동이 찾아왔다. 방금 전까지 인위적인 장치들이 감동을 강제로 끌어낸다 생각하던 내게도 그날의 풍경, 음악, 공기 그 무엇 하나 감동스럽지 않은 것이 없다 느껴질 정도였다. 코끝이 시큰거렸고, 눈두덩이는 뜨거웠다. 나 역시 그런대로 잘 살았나 보다. 이런 순간을 엄마와 함께할 수 있다니! 아저씨~ 나이스 샷! 가이드 아저씨의 명백한 승리였다. 이제껏 티도 안 나게 조금씩 저물던 해가 순식간에 산등성이로 숨

어버린 그 순간, 나는 완벽하게 일몰에 몰입했고 다시 한번 감동했다. 그리고 감사했다. 이 모든 순간에.

이날의 마지막 코스로 밤하늘의 별자리를 함께 구경할 때 엄마는 한 번 더 덧붙였다. 이 모든 순간을 경험할 수 있게 해줘서 고맙다고. 덕분에 그런대로 잘 살아왔다는 생각이 처음으로 들었다고 했다. 이런 엄청난 광경을 딸이랑 함께 볼 수 있어서 더 좋았다고도 했다. 코끝이 갑자기 매워지는 느낌에 나는 그저 속으로만 말했다.

"그런대로 잘 살아와 줘서 고마워."

03

사연 있는 셀카

출근을 위해 현관문에 서서 운동화 끈을 묶고 있는 내 정수리 위로 그림자 하나가 드리워졌다. 이른 아침부터 친구분과 꽤 오래 통화 중이었던 엄마가 금세 나를 따라 현관문에 섰다. '뻐끔뻐끔' 입 모양과 눈으로 조용히 '다녀올게~' 하고 문을 나서려는데, 엄마가 한 손으로 전화기를 막은 채 '소곤소곤' 말했다.

"(소곤소곤)아니, 이 아줌마도 그랬대!"
"(더 소곤소곤)오잉? 무엇을?"
"(더 소곤소곤)그 사진!"

'아' 하고 탄성이 절로 났다. 별로 생각도 하고 싶지 않은 사진이었는데, 친구분 역시 같은 사진을 가지고 있다며 신이 나서 이야기하는 엄마다. 아침부터 뭐 기분 좋은 이야기라고 출근하는 나를 붙들고 이야기를 하는 건가 싶기도 했기에 다시 한번 손을 '팔랑팔랑' 흔들며 입 모양으로 말했다. 그저 다녀오겠다고.

시드니의 멋진 일몰과 식사를 즐기기 위해 82층 높이의 시드니 타워 레스토랑에 찾아갔던 날이었다. 4층에서 티켓 교환 순서를 기다리며 대기석에서 셀카를 찍고 있었는데, 여기가 포토존이었다. 특별하게 예쁜 배경이나 특징적인 것이 있어서 포토존이라는 것이 아니라, 그저 어둡기만 한 배경 덕분인지 이목구비가 꽤 뚜렷하고 예쁘게 찍혀 나왔다.

그때였다. 때마침 나를 부르는 소리에 티켓을 교환하고 다시 대기석으로 돌아오는 내 눈에 다급하게 뭔가를 숨기는 엄마가 포착된 것은. 도대체 나 몰래 뭘 입에 넣은 거지? 평소에도 나 빼고 뭔가를 입에 넣는 것을 절대 못 참는 나이다 보니, 서둘러 엄마의 팔을 붙든 나였다.

"어랏? 입에 뭐를 넣으신 거죠?"

다시, 떠날 결심

"엄마얏! 입에 안 넣었어! 아휴!"

"그래?! 그럼 뭘 숨긴 거지?"

등 뒤도 한 번, 팔도 한 번 보는데 도무지 입에 넣을 것이 없다 싶던 찰나 엄마의 핸드폰이 눈에 띄었다. 촉이 왔다.

"어랏? 이게 뭔데……?"

"……."

아, 이런 식의 기습 공격은 불가항력인데 완벽하게 당황했다. 황급히 숨기려던 엄마의 핸드폰 화면에는 어둡다 못해 캄캄한 벽면을 배경으로 반듯한 정면 각도로 찍은 엄마의 사진이 있었다. 웃지도 찌푸리지도 않은 표정에 그저 입만 꼭 다문 엄마의 사진이었다.

"이게 뭐야……?"

"아니, 여기 배경이 사진이 잘 나오길래. 나~중에 쓰려고……."

"나중에 언제?"

"나중에 나 죽으면……."

아니 이제 고작 60대인데, 왜 저런 걸 미리 고민하는 건지 도대체가 이해할 수가 없다. 이런 식은 곤란했다. 이 멋진 곳에 와서 별볼 것 없는 벽에 기대서 무슨 생각으로 엄마는 이런 사진을 남겼단 말인가? 괜히 눈시울이 뜨거워지는 것 같아서, 결국 힐난을 하고 말았다.

"아니, 뭐 비싼 데 와서 왜 이런 사진이나 남기고 있어! 난 나중에~~ 혹시라도 엄마, 아빠 돌아가시면, 진짜 세상에서 최고로 멋진 곳에서 환하게 찍은 사진으로 내 맘대로 할 거야!"
"야! 누가 그런 사진으로 영정사진을 해!"
"아 몰라! 누가 그러는지는 관심 없고, 이건 딸 마음이야!"

정말 별나다 별나. 사실 남들은 수십 장의 사진을 남기려 난리였던 그 오페라 하우스 앞에서 엄마와 나는 실랑이를 한판 거하게 했었다. 여행 전에는 멋진 관광지의 배경만 있는 사진은 필요 없으니, 본인이 꼭 배경에 서있는 사진으로 부탁했던 엄마가 돌연 사진 촬영을 거부했기 때문이었다. 늙은 얼굴이 있는 그대로 나오는 사진이라 싫다고 했었다. 그때도 나는 하늘을 수십 번 찾았었다. 세월의 흔적이 남은 그 자연스러운 얼굴의 아름다움을 모르는 저 중년 양을 제발 용서하소서 하며. 끝끝내 카메라 앞에 서지 않은 엄마 덕분에 그 유명한 오페라 하우스를 배경으로 찍은 사진은 모두

셀럽의 뒤를 쫓는 파파라치가 찍은 것처럼 옆모습투성이라나 뭐라나.

아무튼 엄마의 셀카에는 나름의 사연이 있겠지만, 나는 먼 훗날 그런 사진이 필요한 때가 오면 이렇게 할 참이다. 세상 최고로 멋진 배경 속에 누구보다 예쁘게 웃고 있는 엄마 모습으로 내 맘대로 할 참이다. 흐엉엉. 다른 사람들이 어떻게 하는지는 난 모르겠고, 나는 그렇게 할 거다. 엉엉.

다시, 떠날 결심

04

로또 맞는 날

오늘이 그날이다. 내가 로또에 당첨되는 날! 빳빳한 채로 곱게 넣어둔 로또 두 장을 꺼내 들고 TV 앞에 시간을 맞춰 앉아있는 중이다. 평소라면 그저 QR코드로 당첨 여부를 확인했을 나지만, 오늘 로또에 당첨될 사람이 취할 태도로 보기엔 너무 예의가 없어 이렇게 앉아있다. 심지어 며칠 전 꿈에는 평소 좋아하는 유명인이 등장하기도 했기에 이번에는 정말 로또 당첨에 확신이 있었다. 유명인이 나오는 꿈은 아주 좋은 꿈이라고 들은 적이 있다.

꾸깃꾸깃. 결국 긁지 않았을 때가 훨씬 설렜던 로또 종이를 과

감하게 구겨버리는 나를 향해 엄마가 혀를 '끌끌' 찼다. 나에겐 다 생각이 있는데 엄마는 잘 모르면서 얘기한다. 이번에 내 로또를 사면서 엄마를 위한 로또도 한 장 건넸는데, 표정을 보아하니 엄마도 '꽝'인가 보다.

"세계 여행은 아직 못 가겠네? 이번에 로또 안 맞아서?"

엄마가 조용히 웃는다. '떼잉! 그릇이 저렇게 작아서야 원' 하고 생각하는 내 속은 모르고 그저 미소 짓는 엄마를 보며, 나도 그저 웃는다. 꽤나 본인에게 주어진 환경과 상황에 만족하며 사는 편인지라 좀처럼 요행을 바라거나, 다른 이가 가진 것을 부러워하는 법이 없는 엄마는 로또에 당첨되면 세계 여행을 떠나겠다 했었다. 세계 여행 정도는 적금 들어서라도 갈 수 있을 것 같은데, 그 엄청난 행운이 따라야만 가능할 로또 당첨이 되면 그제야 떠나겠다 한다.

세계 여행이라는 단어를 엄마에게서 처음 들은 것은 시드니의 어느 작은 동네 카페에서였다. 갓 구운 빵 냄새와 그윽한 커피 향, 그리고 창밖으로 펼쳐지는 이국적인 분수대가 어우러진 풍경이 근사한 곳이었다.

　나의 눈길이 카페 곳곳의 예쁜 소품들과 갓 구운 빵들이 접시에 옮겨지는 풍경에 닿아있는 동안 엄마의 눈길은 뜻밖의 곳에 닿아있었다. 야외 테라스 테이블에 앉아 커피를 즐기고 있는 머리가 새하얀 외국 할머니들이나 조용한 테이블에 앉아 저마다의 방식으로 아침을 즐기는 사람들이었다. 엄마의 눈길이 향한 곳은. 때마침 카페 안으로 들어선 중년 부부에게도 엄마의 시선은 잠시 닿았다 떨어졌다. 어깨에 배낭을 하나씩 사이좋게 나눠 멘 외국인 부부는 한눈에 딱 봐도 우리와 마찬가지로 이 도시를 여행 중인듯했다. 우리의 눈길은 각각 서로 다른 이유로 그들에게 향했다. 나는 그저 그들이 어느 나라에서 와서 이 도시의 어디, 어디를 다녔을지를 궁금해하는 눈길이었지만, 엄마는 아니었다.

"나는 로또 당첨되면…… 세계 여행 갈 거야!"

당장이라도 세계 정복을 떠날 것만 같은 비장한 목소리로 엄마
는 세계 여행을 말했다. 갓 구운 빵을 입에 한가득 물던 나는 갑작
스러운 엄마의 선전포고에 그저 눈만 깜빡일 뿐이었다. 사실상 엄
마가 뭔가 계획이나 포부를 밝힌 것은 처음이었다. 게다가 '세계
여행'이라는 단어는 아주 작은 낌새조차 채본 적 없던 단어였기에
더욱 놀라웠다. 여행의 기쁨보다는 경제적인 비용의 부담에 대한
이유들로 늘 여행이라는 단어가 나오면 '멈칫' 하던 엄마가 아니었
던가. 잠시 '갸웃' 하고 있는 나를 보며 엄마는 가만히 덧붙였다.

"나도 저렇게 늙고 싶어."

엄마의 눈길이 다시 한번 카페 안에서 저마다의 시간을 즐기
는 이들에게 차례대로 닿았다. 그리고는 더 나이가 들면 친구들
과 커피 한잔, 빵 하나를 혹은 책이나 여행을 즐기려면, 경제적으
로도 심신적으로도 여유가 있어야 가능한 일이라고 덧붙였다. 엄
마가 말하는 '저렇게'가 꽤나 많은 사정을 담고 있다는 사실을 단
박에 이해할 수 있었다. 사실 젊은 나조차도 언제부턴가 여행을 생
각하면, 여러 가지를 고민할 수밖에 없기도 했으니까. 엄마가 세계

다시, 떠날 결심

여행 계획에 삼천 배는 더 거창한 로또 당첨을 단서로 붙인 이유도 너무 엄마다웠기에 완벽하게 이해했다.

"캐나다에 단풍 구경도 가고 싶고, 스위스의 만년설도……."

미처 몰랐다. 엄마가 이토록 가보고 싶어 하는 곳이 많았는지를. 늘 안정적인 것을 추구하는 엄마가 이토록 방랑자의 기질을 갖고 있었는지도. 앞으로 지금 얘기한 곳들 정도는 하나씩 함께 꼭 가보겠다고 다짐하며, 나만 보는 메신저 방에 그 이름들을 차례로 남겨뒀다. 세계 여행이 뭐 별거인가? 어떤 날은 여기, 또 다른 어떤 날은 저기 다니다 보면 그게 세계 여행이지.

엄마에게 곧 당첨될 로또 번호를 알려줄 수 있는 능력은 내게 없지만, 나는 엄마가 갈망하는 그 여유를 가지고 세계 여행을 떠날 수 있기를 나름의 방식으로 응원할 계획이다. 또 모를 일 아닌가! 어느 날 내게 로또 맞는 날이 찾아오면, 내가 엄마에게 세계 여행을 단번에 선물할 수 있을지도. 물론 나는 가능하면, 그 세계 여행 프로젝트에 나도 좀 끼워달라고 할 참이다. 그런 의미에서 다음 로또 당첨의 주인공은 꼭 나였으면!

05

너도 늙었네

현대인치고는 핸드폰을 꽤 자주 방치하는 편에 속하는 나지만, 오늘은 좀 달랐다. '뭐' 마려운 강아지마냥 핸드폰을 펼쳤다 닫았다 하기만 수십 번째다. 고민하고 정리하는 데만 한 달이 걸렸지, 사실 마음을 먹고 주문을 한 건 고작 이틀 전인데 꽤나 목이 빠지게 기다려지는 이 놀부 심보를 나도 이해할 수가 없다. 이런 날강도 같은 심보라니. 당일 배송부터 새벽 배송까지 숱하게 배송 전쟁을 치르고 있는 기업들의 고충이 단박에 이해가 가는 순간이었다. 퇴근 시간이 다 되어가는데도 소식이 없기에 '오늘은 아닌가 보다' 하던 찰나 핸드폰이 낮게 울렸다. 엄청난 고민 끝에 주문한 그 친구가 무사히 현관 앞에 도착했다는 아주 반가운 소식을 알리면서.

여독이 풀리기도 전 우리가 컴퓨터 앞에 나란히 앉아 한 일은 바로 5,000장이나 되는 사진을 한 장, 한 장 넘겨보면서 사진을 고르는 일이었다. 우선은 아주 멍청한 표정으로 눈을 반쯤 감은 것 같은 굴욕 사진들 앞에서 우리는 웃었다가 좌절했다. 인상을 쓰고 서있는 우리, 딴짓하는 우리, 싸우는 우리, 먹느라 정신 팔린 우리, 너무 웃어서 찌그러진 우리가 너무 많았다. 이제 와서 말이지만 혹시나 모든 사진이 다 저렇게 못생겼으면 아무리 풍경이 근사해도 복구가 가능할지도 미지수였다. 이상한 사진은 우선 지우고, 같은 장소에서 아주 살짝 고개의 각도만 바꾸거나 눈만 떴다 감았다 하는 등의 비슷하면서도 어딘가 다른 사진들 중에 괜찮다 싶은 사진들만 따로 모았다. 이렇게 사진을 한번 추리는 데만 해도 2주는 거뜬하게 걸렸다. 한 가지 다행인 사실은 엄청난 풍경이 주는 일종의 후광 효과 덕분인지 아주 고약한 사진을 제외하면, 그래도 꽤 근사한 사진들이 한가득하였다는 사실이었다. 어쩌면 이미 꿈처럼 잔상만 남긴 그 여행이 못내 아쉬워서 사진이 더 근사해 보였는지는 모를 일이지만.

그 후 1주일 내내 가장 마음에 드는 사진을 엄마와 내가 각각 골랐고, 그다음 1주일에는 각자 고른 사진을 비교하며 의견을 나눴다.

다시, 떠날 결심

흡사 해외 저 멀리서 TV 광고 촬영을 하고 막 귀국한 전문가들이 가장 멋진 A컷을 찾아내는 그 작업처럼 긴긴밤 우리는 투지를 불태웠다. 문득 늦은 밤까지 졸음을 참아가며 머리를 맞대고 사진을 고르는 작업을 하다가 그런 생각도 했었다. 이 정도의 노력이라면 뭐라도 할 수 있겠다 하는 그런 생각. 어찌 되었든 서로의 사진을 향해 '이게 낫다' 또는 '아니다'를 핏대 세우고 논쟁한 끝에 우리는 아주 힘들게 300장의 A컷을 골랐다. 아니, 간신히 골라냈다. 누가 '다다익선' 소리를 입 밖으로 내었는가? 이상하게 들릴 수 있지만, 많이 가진 것이 마냥 좋은 것은 아니라는 진리를 새삼 깨닫게 되는 순간이었다. 많고 많은 것들 중에 진짜를 찾는 것 또한 쉽지 않으니 말이다.

우리는 어렵게 고른 사진들을 하나, 하나 얹어 포토앨범을 제작했다. 그간 꽤 열심히 여행을 함께 다닌다고 다녔지만 그 여행의 기록들이 컴퓨터 파일로만 혹은 핸드폰 사진으로만 존재하는 것을 늘 아쉬워했던 우리였기에 선택한 방법이었다. 게다가 엄마는 여행을 한 번 다녀오고 나면 그 여행을 잊지 않으려는 듯, 한 달이고 두 달이고 혹은 짬이 날 때마다 컴퓨터 바탕화면에 깔아둔 그 옛날 사진을 보고 또 보곤 했다. 컴퓨터 파일이 간단하고 좋을 수도 있지만 그 어린 시절 앨범처럼 간단하게 펼쳐서 볼 수 있는 뭔가를 찾고는 하는 엄마였다.

"이렇게 만들어 두니까 너무 좋다. 사진이 너무 예뻐."

늦은 퇴근 후 또다시 엄마와 머리를 맞대고 이번엔 예쁘게 인쇄된 포토앨범을 한 장, 한 장 넘기며 여행 사진을 함께 구경하는데 엄마가 말했다. 여행을 다녀온 지 한 달 하고도 2일 만에 만져보는 앨범이었다. 꿈 같던 여행에서 돌아와 이제 막 아침엔 카페에서 커피 한 잔을 찾는 대신 출근길 지하철 속 인파에 낀 채로 회사로 향하는 일상이 적응되기 시작할 즈음 찾아온 선물이었다. 특히 이번 작업을 하면서 눈물이 날 때까지 사진을 워낙 많이 봤던 터였기에 사실 나는 앨범이 완성되면 절대 보고 싶지 않을 줄 알았지만

다시, 떠날 결심

오히려 그 반대였다. 한 달 동안 수도 없이 보고 또 보고, 확대해서도 봤던 사진들인데 사진은 매번 새로운 감동을 줬다. 햇살이 눈부신 테라스 테이블에 앉아 커피와 빵을 나눠 먹으며 엄마와 함께 찍은 셀카엔 먹는 것에 진심인 우리의 반짝이는 눈빛이, 길에서 우연히 만난 외국인 소녀가 '러블리 모녀'로 칭하며 찍어준 사진에는 푼수처럼 웃는 바람에 얼굴의 온갖 주름을 결코 숨기지 못한 우리가 그대로 담겨있었다.

"어머머. 너도 늙었네."

우리 자매 사이에서는 워낙 거짓말을 못 하는 사람으로 유명한 엄마지만, 갑작스레 들려온 목소리에 적잖이 놀란 나였다. 아니, 솔직히 누가 늙은 사람 얼굴에다 대고 늙었다고 저렇게 직격탄을 날리겠냐 이 말이다. 마음만은 젊게 살고 싶다며 노력하는 과년한 딸의 속도 모르고, 엄마가 팩트를 몽둥이로 여러 번 휘둘러 결국 나는 미간을 찌푸린 채 사진을 보고 또 봤다. 역시 세월엔 장사가 없나 보다. 내가 봐도 늙었다. 별로 인정하고 싶지 않지만, 인정한다.

불편한 진실과 마주한 그 순간, 엄마가 갑자기 내게 핸드폰을 건넸다. 삿포로의 깊은 산속의 작은 오두막에서 내리는 눈을 맞으며 웃고 있는 6년 전의 우리였다. 확실히 달랐다. 어딘가 그래도 귀여움이 남아있는 얼굴에 생기 있는 표정이 달랐다. 여행 내내 '늙어서 사진이 예쁘게 안 나온다'며, '주름이 많아서 사진 보기 싫다'고 하던 엄마의 마음이 단번에 이해가 갔다. 확실히 늙어가고 있었다. 나도 엄마도. 제법 다양한 곳으로 여행을 다니려고 노력해 왔지만, 그 기억들을 이렇게 앨범으로 정리해 두지 않은 것이 문득 아쉬웠다. 정확히는 조금이라도 더 젊고 고왔을 우리를 조금 더 생생하게 기록해 두었으면 좋았을 텐데 하는 마음에 슬프고 야속했다. 지나버린 시간이. 가슴이 저릿했다.

"윤 여사, 거 우리 어차피 늙을 거 같이 곱게 늙어갑시다!"

협상 테이블에 마주한 중요한 누군가처럼 나는 그저 손을 내밀며, 담담한 목소리로 엄마에게 말했다. 어차피 늙어가는 우리를 피할 수 없다면 그저 같이 건강하고 아름답게 늙어가자고. 대신 좀 더 자주 여행을 다니며 그때마다 앨범도 하나 만들어서, 늙어가는 우리를 비교해 보자고 했다.

나는 그런 생각을 제법 자주 하는 편이다. 사람은 누구나 다 늙

다시, 떠날 결심

을 수밖에 없는데 적어도 몸도 마음도 건강하게, 현명하게 늙었으면 좋겠다는 생각을 말이다. 거기에 하나 더 추가다. 엄마와 함께 세계를 누비며 늙어가고 싶다. 서로 더 늙었다고 싸우기도 하고, 핀잔도 주며.

엄마, 그때도 나랑 가주라

시드니 근교 투어를 위해 만난 가이드 아저씨가 이야기 하나를 들려주셨습니다. 아무래도 각양각색의 사람들을 많이 만나는 분이다 보니, 이야기보따리가 꽤나 두둑한 분이셨는데요. 하루는 홀로 여행 중인 30대 아기 엄마를 만나셨답니다. 20대를 시드니에서 보내고, 지금은 한국에서 두 아이의 엄마로 일상을 보내고 계신 분이었다고 하시더라고요. 그런데 오랜 유학 생활을 정리하고 귀국을 앞뒀을 때 그분이 그분 스스로에게 그런 다짐을 하셨대요. 본인의 인생에 있어 가장 빛나는 순간을 보냈던 이곳을 기억하며, 다시한번 꼭 이 도시에 찾아오겠노라고. 그리고는 말 그대로 '먹고사는 것에 치이다' 보니, 정확히 10년 만에 이 아름다운 도시에 간신히 찾아오셨다고 하네요. 덕분에 그분은 새하얀 모래사장에서도, 어느 작은 학교에서 열리는 벼룩시장에서 손때 묻은 물건을 구경하시면서도 어딘가 감개무량한 표정이셨다고 하네요. 저는 어렴풋이 그분의 심경을 이해할 수 있었습니다. 가장 아름다웠던 순간을 간직한 아름다운 도시에 10년이 지나서야 다시 찾아온 그 마음을.

저도 17년이 걸렸습니다. 지금 제가 두 발을 딛고 있는 이 아름다운 도시에 다시 찾아오기까지. 꿈 많은 대학 시절에 홀로 찾았던 이곳은 바다를 가도, 산을 가도, 도시를 그저 정처 없이 걸어도 끝도 없이 아름다운 곳이 펼쳐지는 곳이었고, 넓고 다양한 세상을 보여줬었습니다. 좋은 인연들과 따뜻한 시간들도 보냈었죠. 그 때문일까요? 저 또한 가이드 아저씨가 이야기해 주신 그분처럼, 언젠가 이 끝을 알 수 없는 아름다움과 평화로움을 간직한 도시를 엄마와 꼭 한 번 다시 오겠노라 스스로에게 다짐을 했었습니다. 우리가 아는 많은 엄마들이 그러하셨듯이, 지금의 제 나이보다도 스무 살은 더 어린 나이에 결혼하면서 네 살 터울 자매를 키우며, 꽃다운 시절을 모두 '엄마'로 살아온 엄마에게 이 넓고 아름다운 세상을 보여주고 싶었습니다. 개인적으로 욕심껏 보여드리고 싶은 곳도, 함께하고 싶은 것도 많았던 덕분에 짜증도, 화도 평소보다 두 배는 더 내고, 힘도 좀 더 들었습니다.

그렇지만 얻은 것도 참 많습니다. 제가 세상에서 가장 잘 알고 있다고 착각했던 사람, 엄마가 어떤 것을 좋아하고 어떤 것들을 싫어하고 어떤 모습이 있는 사람이었는가를 예상치 못한 순간에 발견할 수 있었습니다. 그리고 그 모습을 소리 없이 관찰하고 느끼면서, 저 스스로가 어떤 사람이었는지도 다시 한번 발견할 수 있었습니다. 엄마는 엄마이자 한 사람으로서, 저는 딸이자 한 사람으로서 그렇게 날것에 가까운 서로를 만날 수 있었습니다. 그 모습을 서로가 다 좋아하고 이해한다는 뜻은 결코 아니지만, 적어도 서로 환장할 정도로 싫어하고 있던 모습에 대한 오해들을 아주 조금은 이해하고 공감할 수 있게 되었습니다. 또 상상도 못 한 부분에서 서로 닮아있는 모습들도 처음으로 인정하게 됐습니다. 왜 그런 모습 있잖아요? 누가 얘기하면 '에이 설마, 그렇게 닮았을 리가 없다'고 했던 부분인데 직접 겪고 보니, 내가 봐도 닮았다 싶은 모습들이요.

며칠 전 집들이가 있었습니다. 여럿이서 모여 이야기를 시작했는데, 어쩌다 보니 주제가 알다가도 모를 '엄마'에 집중되더군요. 저마다 엄마와 있던 사건들을 하나씩 꺼내기에 가만히 듣고 있었는데, 어딘가 익숙합니다. 저만 익숙한 게 아니었는지, 누군가 그러더군요. 다 똑같다고. 엄마들도 어디선가 지금 '천방지축' 자식들 이야기하시느라 바쁠 거라고요. 순간 다 같이 웃음이 터져버렸습니다. 정말 알다가도 모를 사이 같아서. 같은 맥락으로 제가 지금까지 들려드린 모든 이야기는 저희 모녀뿐만 아니라, 이 글을 읽

으시는 모든 엄마와 우리들의 이야기일 거라고 생각합니다. 딸은 딸대로, 엄마는 엄마대로 서로를 알아가는 이야기이기에 우리에게 소중한 누군가를 이해하는 데 있어서 아주 약간은 공감하셨다면 꽤 기쁠 것 같습니다. 같은 마음으로, 같은 고민으로 살아가고 있는 어떤 천방지축 '딸'이 그저 같은 고민과 마음을 나누고 싶어 쓴 글이라고 생각해 주길 부탁드려 봅니다. 그리고 언젠가는 꼭 한 번 엄마와 여행을 떠나고 싶다는 생각을 한 번이라도 떠올려 본 분이라면, 아주 약간의 용기를 드릴 수 있었기를 기대해 봅니다.

저 역시 또다시 얼마나 걸릴지는 모르겠습니다. 서두른다고 서두르고, 기억한다고 기억해도, 떠나는 것 자체가 체력적으로 무리일지도 모를 그 순간이 되어서야 다시 한번 떠날 수 있을지도 모릅니다. 그럼에도 불구하고 저는 그때가 오면 또다시 어떻게든 떠날 계획입니다. 속된 말로 '빡세게' 체력 단련을 함께해서라도 지지고 볶으면서 같이 떠날 계획입니다.

그때도 나랑 같이 가자, 엄마.

– 다시, 떠날 결심을 하며
여름의 길목에서

엄마, 그때도
나랑 가주라

초판 1쇄 발행   2024. 6. 21.

지은이   된다킴
펴낸이   김병호
펴낸곳   주식회사 바른북스

편집진행   황금주
디자인   양헌경
삽화   권꼼

등록   2019년 4월 3일 제2019-000040호
주소   서울시 성동구 연무장5길 9-16, 301호 (성수동2가, 블루스톤타워)
대표전화   070-7857-9719 | **경영지원**   02-3409-9719 | **팩스**   070-7610-9820

•바른북스는 여러분의 다양한 아이디어와 원고 투고를 설레는 마음으로 기다리고 있습니다.

이메일   barunbooks21@naver.com | **원고투고**   barunbooks21@naver.com
홈페이지   www.barunbooks.com | **공식 블로그**   blog.naver.com/barunbooks7
공식 포스트   post.naver.com/barunbooks7 | **페이스북**   facebook.com/barunbooks7

ⓒ 된다킴, 2024
ISBN 979-11-7263-034-8 03810